FILLE, 1983

de la même autrice
chez Actes Sud

LE REGISTRE DE L'INQUIÉTUDE
MISÉRICORDE
ET MAINTENANT IL NE FAUT PAS PLEURER
JE SUIS UN ANGE VENU DU NORD

LINN ULLMANN

FILLE, 1983

Traduit du norvégien
par Jean-Baptiste COURSAUD

CHRISTIAN BOURGOIS ÉDITEUR

Titre original :
Jente, 1983

Cette traduction a été publiée avec l'aide financière
de NORLA, Norwegian Literature Abroad

NORLA
Norwegian
Literature Abroad

ISBN : 978-2-267-05013-4

Pour Niels

Quand elle se réveilla,
elle était dans une grande forêt ;
puis elle se remit en route,
mais elle ne savait pas
où son chemin la menait.

L'Ours-roi Valemon (conte)

I

BLEU

J'ai seize ans, les bras croisés sur la table haute devant moi, la joue appuyée contre un bras, et je fixe l'objectif. Sur la photo, qui n'existe plus et dont sans doute nul à part moi ne se souvient, on voit mes épaules dénudées. Je crois que l'intention de cette photo est de suggérer la nudité : tout ce qu'une jeune femme a besoin de porter quand elle s'aventure dans le grand monde se résume à une paire de longues boucles d'oreilles.

Je ne croyais pas que tu existais encore, mais tu as surgi sous un orme en septembre il y a un an et demi, et tu exigeais d'être entendue.

Tu es transparente. Exempte de traits. Aqueuse.

Je peux dire : notre mère t'a donné naissance dans son sommeil, puis tu as fui.

Je peux dire : te décrire est le plus difficile que j'aie jamais entrepris. Tu me demandes de faire des choses impossibles et tu ne m'écoutes pas quand je dis que je n'y arriverai pas.

Parfois, je crois que notre mère devine qu'elle a une autre enfant, que nous sommes deux, une idée qu'elle chasse néanmoins l'instant d'après. *Et voilà !*

Ce printemps, les samares des ormes planent en suspens sur Oslo, jour après jour elles tombent sur le sol, pareilles à une douce tempête, blanche, silencieuse, elles s'amassent le long des trottoirs et dans les parcs comme des feuilles mortes ou de la neige sale, elles tourbillonnent au-dessus des toits. Je cherche sur le Net, je me demande si c'est bon ou mauvais signe, *qu'est-ce que ça signifie*, et je veux dire par là : qu'il y en ait tant. *Est-ce* un signe ? Je crois que j'attache trop d'importance aux signes ou à ce que j'identifie comme tels. Les samares, ces graines qui ressemblent à de fines ailes et sont en fait des fruits, qui forment dans l'air des motifs divers et variés, s'engouffrent dans les appartements des gens. Elles se déposent sur le plancher, dans la baignoire, sur les draps. Je cherche « énormément de samares d'ormes », mais je ne trouve rien. Je cherche « samares d'ormes signe », mais là non plus je ne trouve rien.

Reste couchée, m'as-tu dit, presque complaisante, *je te tiens serrée dans mes bras*. Je voulais me lever, on était le matin, j'entendais la voix d'Eva dans le salon, mon mari lui a dit quelque chose qui l'a fait rire, mais ta réponse a été : Non. Donc je suis restée couchée et j'ai écouté sur mon portable une interview de la poétesse américaine Sharon Olds. Elle expliquait qu'elle ne se maquille plus, en partie parce qu'elle veut effrayer les gens : « S'ils s'approchent trop, a-t-elle dit, ils verront que quelque chose a changé, que quelque chose cloche. Je suis embryonnaire, a-t-elle dit (et là j'ai pensé à toi), sans sourcils, sans paupières, sans bouche. »

Moi, à l'inverse, j'ai tous ces attributs (sourcils, paupières, bouche), et la photographie dont je vais parler a été prise par A dans un studio photo, à Paris, au cours de l'hiver 1983. Les longues boucles d'oreilles étaient en strass, elles n'avaient rien de précieux, bien au contraire, je possédais un écrin rempli de boucles similaires dans la chambre de l'appartement que je partageais avec ma mère à New York. Des brillants. Des dormeuses. Des strass. Des puces d'oreille. Toujours est-il que l'une des pierres, la plus proche du lobe, était bleue, de ça je me souviens.

~

Le nouveau manteau, acheté chez Bloomingdale's au début du mois de janvier 1983, fabriqué dans une cotonnade bleue, a un tomber long ainsi qu'une ceinture à nouer autour de la taille. J'ai seize ans. A vit à New York mais loue un appartement à Paris. Il dit : Peut-être qu'un jour tu aurais envie de m'accompagner.

~

Quand j'avais six ou sept ans, puis quand j'en avais onze, puis une troisième fois quand j'en avais treize, j'ai rêvé d'une grosse méduse bleue aux longs tentacules. Tout dans le rêve était bleu. Mes lèvres, parce que l'eau était froide et que je grelottais, les nuages, la mer. J'ai lu quelque part (une fois devenue adulte, alors que je ne rêvais plus d'elles) que les méduses changent de forme au cours de leur vie. Larves, polypes, cloches. Je n'avais pas peur. Pas dans le rêve.

~

J'ai seize ans. Il fait nuit. Je suis dans l'appartement de A, à Paris, mais je n'ai pas retiré mon manteau. C'est un petit appartement, un studio équipé d'une kitchenette, avec un plancher et de hautes fenêtres, ainsi que d'une salle de bains revêtue de carreaux bleus au-dessus du lavabo. Je suis campée au milieu de la grande pièce. J'ai les bras croisés autour de la taille, dans une espèce d'enlacement, ou comme pour former une ceinture supplémentaire supposée maintenir le manteau en place.

Tu ne comptes pas retirer ton manteau ?
Si.
Il est très tard.
Oui.
Pourquoi tu es venue ?
Qu'est-ce que tu veux dire ?
Au lieu d'aller à ton hôtel ?

~

Tu es la fille qui ne veut pas mourir et, aujourd'hui, après avoir disparu pendant de longues années, tu t'es à nouveau égarée en moi. Quand j'étais petite, je m'imaginais que tu vivais en alternance dans la tapisserie et dans mes vêtements, que tu ressemblais à un gros insecte, à une libellule, et qu'au lieu d'une robe tu portais une double paire d'ailes iridescentes.

Je m'imaginais que nous étions sœurs. J'ai quatre demi-sœurs, bien vivantes, mais l'existence d'une sœur *entière*, d'une *vraie* sœur, me manquait, une sœur qui aurait été là *tout le temps*. J'avais ma meilleure amie, Heidi, nous nous ressemblions, mais Heidi avait déjà sa sœur à elle. Toi et moi, nous avions fait la promesse de ne jamais nous quitter. Je voulais que nous mélangions nos sangs, mais comme tu n'as pas de sang, nous y avons renoncé.

Quand j'étais petite, j'avais peur des insectes, du noir, des adultes qui se soûlaient –

de la guerre nucléaire, de la colère de mes parents –

de la mort, pas de la mienne, mais de celle de maman –

des jeux de balle, des bruits stridents –

qu'on me touche et qu'on me retienne –

~

La première fois que j'ai rencontré A, c'était dans un ascenseur montant dans la Carnegie Hall Tower, située entre la 56e et la 57e rue Ouest. Comme nous ne nous sommes rien dit, le terme *rencontré* est sans doute erroné. Telle que je visualise la scène aujourd'hui, presque quarante ans après, il y avait beaucoup de monde dans cet ascenseur aux arrêts répétés, à tel et tel étage, avec un va-et-vient de gens. A affirmera par la suite être tombé sous le charme de mon sourire. Je ne le crois pas. Sourire n'était pas dans mes habitudes. Du moins pas quand j'avais seize ans. Peut-être est-il tombé sous le charme de ma robe à rayures roses et blanches, mi-punk mi-bonbon, et de mon gros bonnet rouge rapporté de Norvège. *Le bonnet de maman.* Je ne sous-entends pas qu'il a été conquis par la robe en tant que telle – sans manches, garnie de minces épaulettes, serrée sur la poitrine et cintrée à la taille où elle s'évasait en une jupe flottante qui tombait au milieu des genoux –, mais bien qu'il l'a été par la fille qui de toute évidence adorait se montrer dans cette tenue. Sa taille fine, elle l'a depuis longtemps. Les seins sont naissants, pas complètement développés, elle a gardé une poitrine plate jusqu'au changement d'année, entre 1981 et 1982. Le Perfecto qu'elle s'est fait prêter, ouvert, de quatre tailles trop grand sur ses épaules dénudées, est en contraste violent avec la robe d'été aux rayures roses et blanches, et le blouson en cuir semble n'avoir d'autre fonction sur ce cliché que celle d'être enlevé : quelqu'un doit purement et simplement le lui arracher.

Selon une étude sur la composition du corps humain, le cerveau et le cœur sont constitués d'eau à 73 %, les poumons à 83 %, la peau à 64 %, les muscles et les reins à 79 %, le squelette à 31 %. Tout ce sur quoi j'écris au fil de ces pages, ce qui s'est déroulé avant et après la photo qu'a prise de moi A, se compose principalement d'oubli, de la même manière que le corps se compose principalement d'eau. Ce dont je ne me souviens pas, qui ne jaillit que sous la forme de rêves, de pressentiments ou de douleurs, ne peut pas être écrit, même s'il doit pourtant l'être.

~

A est sorti de l'ascenseur, il a parcouru le long couloir, il est entré dans le studio photo, et il a téléphoné à la femme que j'appellerai ici Maxine, dont le bureau se trouvait dans le même immeuble. *Je viens à l'instant de voir une fille dans l'ascenseur. Elle est l'une des tiennes ?*

J'essaie de me souvenir de leurs voix, celle de A et celle de Maxine. Qu'en est-il de celle de cette jeune Norvégienne âgée de seize ans, qui de temps en temps se fait appeler Karin ? C'est le prénom qui figure dans son passeport. Elle parle davantage anglais que norvégien depuis qu'elle s'est installée avec sa mère actrice à New York. Je n'ai aucun souvenir de sa voix. L'anglais n'est la langue ni de sa mère ni de son père, elle est moitié norvégienne, moitié suédoise, j'imagine entendre une pointe d'effronterie quand elle parle, ce qui lui vient de l'anglais, comme si cette langue était une robe qu'elle aurait empruntée et qu'elle feindrait de s'être appropriée ; j'entends également un manque d'assurance – la jeune fille n'est sûre de rien – qui confère à son timbre une sonorité indéniable que son père suédois, s'il l'avait entendue parler, aurait rejetée en la taxant de *förljugenhet*, c'est-à-dire de fausseté.

J'ai tapé les noms de A et de Maxine sur le Net, j'ai cherché des vidéos sans pour autant en trouver une avec du son, peut-être me suis-je dit que si j'entendais leurs voix, nos voix, elles raviveraient des souvenirs, perceraient l'abcès qu'est mon histoire de cette époque.

Tu peux la faire monter chez moi ? Je voudrais y jeter un œil.

Maxine était une femme tirée à quatre épingles, parée de jupes noires taillées qui camouflaient le moindre pan de peau, elle portait de longs colliers de perles blanches et de grosses lunettes rondes à monture noire. La beauté se matérialise dans tant de choses, disait-elle. Après avoir été agent pour de jeunes photographes prometteurs, elle a peu à peu représenté une petite clique bigarrée de mannequins, filles et garçons, Noirs et Blancs, hétéros et queers, jeunes et plus trop jeunes. Elle était une précurseure qui imaginait un monde où fille et garçon, Noir et Blanc, hétéro et queer ne seraient plus des catégories verrouillées. Dans le tiroir de mon bureau, j'ai une petite photo d'elle où elle prend la pose avec un Andy Warhol qui pour l'occasion a enfilé un costume foncé rehaussé d'une cravate. Il ressemble à un écolier, il gonfle le ventre, et tant pis s'il n'a pas de ventre. Maxine a noué un foulard en soie dans ses cheveux et une fine ceinture autour de la taille, elle arbore également une broche en argent à hauteur du sein gauche ; elle est plus jeune sur la photo que lorsque je l'ai connue. Ils se tiennent par le bras avec un air empesé et une allure de vieux couple, ainsi côte à côte, ils se moquent et ils s'amusent.

Elle avait raison, Maxine, en affirmant que la beauté représente tant de choses, et elle l'a dit à une époque où le beau était synonyme de Blanc aux yeux bleus, de grand, de filiforme. Je parle des filles – de la beauté des filles –, je ne parle pas des choses tout aussi belles comme les vases, les arbres, les roses, les pierres. J'ai moi-même passé beaucoup de temps sur cette idée du *beau*. Étais-je belle ? Non. Ta mère est l'une des plus belles femmes du monde, disait Maxine, et elle avait raison.

Peut-être que je vais tirer quelque chose de toi, disait-elle.

Un an plus tard, en 1984, Marguerite Duras a publié *L'Amant*, où elle écrivait : « Ce que je veux paraître je le parais, belle aussi si c'est ce que l'on veut que je sois, belle. » Et voilà que A venait de dire, à la faveur d'un coup de fil, qu'il voulait *y jeter un œil.*

Mais ôte-moi ce blouson de cuir, a dit Maxine. Arrête de te cacher.

Je me le suis fait prêter, ai-je répondu.

Je m'en fiche. Enlève-le. A travaille pour le *Vogue* français. Il est l'un des meilleurs. Il t'a vue et maintenant il va peut-être faire appel à toi.

Il m'a vue dans l'ascenseur.

Il a dit que je lui ai souri mais c'est faux. Quand j'ai remarqué qu'il me regardait, je me suis contentée de me redresser, de rouler les épaules – un mouvement à peine perceptible –, une chorégraphie simplissime pour une jeune fille de seize ans qui en a fini de l'enfance, un frisson voulu dans les hanches, dans la colonne vertébrale, dans le cou, dans les joues, dans le front, *j'avais le visage de la jouissance* ; puis il a téléphoné à Maxine et dit qu'il voulait y jeter un œil.

J'ai enlevé le blouson de cuir mais j'ai gardé le bonnet rouge de maman. J'avais froid aux bras.

La chair de poule, a-t-il dit en ouvrant la porte avant de me laisser entrer.

Il a désigné mes bras dénudés.

On est en octobre, ai-je répondu, bientôt en novembre.

Tu as quel âge… quatorze, quinze ans ?

Seize.

~

Juste avant Noël, A convie à *un drink* chez lui, à Carnegie Hall. Il vit et travaille dans le même immeuble. D'autres personnes sont présentes, une petite assemblée, ce n'est pas un dîner, il y a juste des cocktails bleus et de la cocaïne. L'appartement est spacieux, aéré, avec de grandes fenêtres arquées, une bibliothèque, des photographies accrochées. J'aime les murs blancs de A et ces images encadrées dans des châssis noirs sans fioritures. Ce soir-là juste avant Noël, lui et moi sommes assis sur le plancher clair, avec chacun notre verre contenant un liquide bleu. Quelqu'un a mis un disque. Jimi Hendrix. A replace une mèche tombée sur mon visage et dit que je devrais me couper les cheveux très court, comme Mia Farrow –

Je l'interromps : Dans *Rosemary's Baby*.

Exactement, dit-il, comme Mia Farrow dans *Rosemary's Baby*… puis il chuchote à mon oreille les mots *la fille de son père*. Dans sa famille, quantité d'hommes ont travaillé dans le cinéma. Nous avons ça en commun. Une femme aussi grande que fluette passe devant nous en se prenant les pieds dans les nôtres. Elle trébuche, reste allongée par terre, n'a pas la force de se relever. Je me demande si écarter du visage une mèche de cheveux est une caresse. Ne serait-il pas trop vieux pour me vouloir de cette manière ?

C'est fou la quantité de films que cette fille a vus du haut de ses quinze ans, dit A à la femme au moment où elle se remet d'aplomb et fait signe de rejoindre les toilettes. Il pointe un doigt vers moi. *La fille de son père*, répète-t-il. La femme fluette secoue la tête.

Si tu savais comme je m'en tape, marmonne-t-elle.
A me regarde et éclate de rire.
Je dis : Je ne suis la fille de personne.
Il acquiesce.
D'accord.
J'ai seize ans et je ne suis l'enfant de personne.
Il allume une cigarette. M'en propose une. Je la prends.
Il dit : Paris. En janvier. Tu es partante ?

~

Tu n'as pas la permission de partir, dit maman. Je ne veux pas que tu partes. Ce n'est pas de ton âge. Tu as le lycée, tu ne peux pas partir comme ça… *tu ne peux pas partir comme ça à Paris !*
Maman ignore que je ne suis quasiment jamais au lycée, que le corps enseignant ne remarquera pas la différence, si je suis à Paris plutôt qu'à New York. Mes professeurs ont écrit des lettres, l'absence est un problème, une inquiétude, mais j'ai subtilisé les courriers et chaque fois imité la signature de maman sur le formulaire qui doit être renvoyé en guise de confirmation que la lettre a été lue.
Tu es trop jeune pour voyager seule, dit maman. Tu es trop jeune pour veiller sur toi.
Ce n'est pas vrai.
Je ne sais pas de combien de manières je dois te répondre non, dit-elle en regardant ses mains, comme si elle voulait compter sur ses doigts pour déterminer avec exactitude – avec *exactitude* – le nombre de manières dont elle doit me répondre non.

Je lève les yeux au ciel.

Tu ne comprends rien, dis-je, il travaille pour le *Vogue* français. Il veut faire appel à moi. Il veut…

Ça m'horripile de te voir lever les yeux au ciel, m'interrompt maman, d'une voix un soupçon suraiguë. Quand on a ses quatorze révolus, il est inacceptable de lever les yeux au ciel.

Quoi ?

Je te dis que quand on a ses quatorze révolus, il est inacceptable…

C'est un règlement ?

C'est ce qu'on dit dans notre famille, répond-elle.

Mais il est à cent pour cent inacceptable de refuser le bonheur de sa propre fille, dis-je en criant. Dans *notre* famille ? C'est ça ?

~

J'avais quatorze, quinze, seize ans et je buvais jusqu'à vomir ou m'endormir. Je me réveillais sans me souvenir de ce qui s'était passé la veille au soir. J'avais souvent des trous noirs, même sans boire. J'ai arrêté de boire de cette façon à l'âge de dix-neuf ans, mais l'oubli – les trous noirs – m'a suivi toute ma vie.

Quoique, l'expression *trou noir* n'est pas la bonne. Cette forme d'oubli, je veux dire, n'est pas noire, mais blanche.

Anne Carson écrit à propos des mots intraduisibles – des mots que nous pouvons prononcer, mais ni définir ni posséder ni utiliser : « Un peu comme si on vous présentait le portrait d'une personne – non pas une personne célèbre mais quelqu'un que vous pourriez reconnaître si vous y mettiez du vôtre – et que, en y jetant un œil plus attentif, vous voyiez, à l'endroit où devrait se trouver le visage, une éclaboussure de peinture blanche. »

Quand j'en viens à ce passage où elle parle d'*une éclaboussure de peinture blanche*, je pense à mon visage à seize ans quand j'ai fait la connaissance de A.

~

Je suis inscrite dans un lycée privé de New York, situé sur la 61e rue Ouest. Je suis en deuxième année de français, ce qui indique que j'ai passé et réussi les examens de première année ; or, quand je vais à Paris en 1983, j'ai toutes les peines du monde à comprendre et à me faire comprendre. Soit j'ai oublié tout ce que j'ai appris, soit je n'ai strictement rien appris dès le départ.

Je suis très souvent absente du lycée cette année-là, c'est vrai. Des jours, des semaines. Je vais au cinéma le matin, je bois des cafés noirs sur un banc dans Central Park, je passe des heures au Musée d'histoire naturelle situé à l'angle de l'immeuble où je loge avec maman, avec son dais vert au-dessus de l'entrée. Je vais voir les créatures les plus minuscules, pas la grande baleine bleue – non, je passe sans m'arrêter devant la reconstitution bleue suspendue au plafond, en mousse et en fibre de verre, de dix tonnes et de trente mètres de long –, je visite les expositions consacrées aux créatures si petites qu'on ne les voit pas à l'œil nu. Les tardigrades, notamment, ne sont pas plus grands qu'un embryon dans l'utérus d'une mère. J'ignore si à l'époque je les ai trouvés et les ai oubliés par la suite, ou bien si je viens de lire à l'instant des informations à leur sujet, après avoir entendu Sharon Olds en parler dans l'interview de ce matin, que me sont alors revenues en mémoire ces journées de solitude il y a de cela presque quarante ans. On trouve des tardigrades partout : dans la mer, sur les glaciers, dans la mousse et dans les feuilles mortes ; ils sont constitués de membranes composées d'eau, ils vivent dans le parc en face de là où j'habite, dans le quartier de Torshov. Quand c'est nécessaire – quand ils le doivent –, ils se changent en tonnelets. « Un état de vie ralentie où ils prennent la forme de tonnelets », comme je le lis sur Internet. Un tardigrade plongé dans cette léthargie profonde peut survivre à presque tout : chaleur extrême, froid extrême, catastrophes radioactives, voyages dans l'espace.

J'ai seize ans, je vais au cinéma, je bois des cafés, je m'égare toute seule dans les méandres du musée.

~

Mais pourquoi tu vas à Paris ? Qu'est-ce que tu veux dans le fond ?

La jeune fille de seize ans me regarde avec un air de défiance dans le miroir.

Qu'est-ce que je suis censée répondre à ça ?

Je ne suis plus une enfant, dit-elle.

Je veux être l'objet, le centre d'attraction, le but pour le désir d'un autre.

Je ne veux pas être seule.

~

Je n'ai pas conservé grand-chose de cette période. J'ai tenu mon journal avant mes quinze ans, puis de nouveau après mes dix-huit ans ; pendant ces trois années, entre quinze et dix-huit ans, je n'ai rien écrit. La photographie de moi prise par A, avec les boucles d'oreilles, a disparu, mais il en existe une autre datant de 1983. Je me souviens que la photographe – celle qui a pris la deuxième photo – était française, qu'elle parlait couramment anglais et qu'elle était l'élégance même. Peut-être lui ai-je indiqué que je rentrais juste de Paris.

Nous sommes toujours en hiver. Nous descendons la Columbus Avenue, elle prend la photo dans un café. Assises chacune d'un côté de la table, nous discutons (comme des amies ou presque) lorsqu'elle sort son appareil et se met à photographier. L'histoire avec A n'est pas encore terminée, il me téléphone le matin, il me téléphone le soir, il me demande de venir, mais je ne raconte rien de lui à la femme photographe.

Sur la photo qu'elle a prise de moi, je porte un pull bleu. Je regarde droit dans l'objectif.

De cette période ressurgit autre chose, à savoir une lettre envoyée par mon professeur de français. Que je l'aie conservée, elle très précisément, relève tout à fait du hasard. Elle est rangée au grenier, dans un carton sur lequel j'ai écrit « New York 1981-1984 » ; je n'y trouve guère que quelques objets. La lettre de mon professeur de français est succincte, au demeurant plus un avertissement qu'une lettre : que se passera-t-il si je continue de sécher les cours ? Il en ressort également que ce professeur s'appelait Monsieur O. Je ne me rappelle pas de lui, vraiment pas, je n'ai aucun souvenir de lui, j'ai du mal à comprendre que lui et moi ayons eu un lien quelconque. Même quand je tombe sur son portrait dans le *yearbook* du lycée, celui datant de 1984, donc un an après mon voyage à Paris, je ne le reconnais pas, je ne me souviens pas de lui.

Puisqu'en 1984 je suis élève de dernière année, le *yearbook* contient aussi une photo de moi. Je suis fortement maquillée, dans un tee-shirt et un pantalon noirs l'un comme l'autre ; le visage de l'année précédente, celui de mes seize ans, a disparu : j'ai des cheveux mi-longs, roux, je ressemble à une tout autre fille.

Je regarde la photo de Monsieur O. J'attends que quelque chose se passe, que quelque chose en moi se remette en place. *Ça y est, maintenant je me souviens.* Comment est-il possible qu'un tel instant n'advienne jamais ? Je regarde la photo et, au lieu de commencer à me souvenir, je continue tout bonnement d'oublier.

En va-t-il de même pour A ?

Si on lui présentait une photo de moi, voire une de celles qu'il avait prises, secouerait-il la tête en disant :

Non, je ne me souviens pas d'elle, désolé, je ne sais pas quoi dire de plus ?

En 1984, Monsieur O était un homme grisonnant qui rêvait d'une autre vie. Quoique, je n'en sais rien. Peut-être qu'il aimait bien être professeur de français dans un lycée new-yorkais au début des années 1980. Il sourit sur la photo. Il est habillé d'une chemise blanche, d'une veste en tweed et d'une large cravate en soie. Il est assis, penché sur une grosse machine à écrire électrique, blanche, je distingue dans le fond une étagère remplie de piles de feuilles de papier. S'agit-il de manuscrits ? Monsieur O écrivait-il un gros roman ? Aucun autre professeur n'est représenté avec une machine à écrire, une bibliothèque et des piles de feuilles. Plusieurs d'entre eux sont photographiés, qui dans une salle de classe, devant le tableau par exemple, qui dans la salle des professeurs, qui encore dans un couloir.

Je tourne les pages.

Je garde un souvenir très net de certains professeurs – celui de mathématiques, Mr C ; celui d'anglais, le Dr L, et celle de physique, Mrs T, qui prend la pose en blouse blanche de laboratoire devant le tableau périodique.

Je retourne à la page où figure Monsieur O. Il est probable que le photographe et lui se soient mis d'accord en amont sur l'apparence qu'aura le portrait : Monsieur O sera assis devant la machine à écrire, dans une pièce qui indique qu'il s'y passe de grandes choses (les piles de feuilles), et puis, au moment où le photographe entre dans la pièce, il relève la tête, en feignant la surprise.

Ce dont je me souviens, c'est que –

Ce dont je me souviens, c'est que : je suis désorientée. Je ne connais strictement rien de Paris. Je ne trouve pas mon chemin. Voilà ce qui m'arrive. Je ne me suis pas préparée, je me suis bornée à partir, avec mon nouveau manteau et mes bottines.

À New York, la ville où je vis avec ma mère, je trouve mon chemin. Si vous croisez une fille de seize ans à New York au début des années 1980, vous pouvez lui demander comment rejoindre tel ou tel endroit, elle vous montrera à coup sûr le chemin. Mais, et je suis bien placée pour le savoir : New York n'est pas la ville de cette fille, même si elle y habite. Je ne sais pas si elle a une ville. Ou un lieu. Longtemps – peut-être jusqu'à ce qu'elle aille à Paris pour être photographiée par A –, sa mère représentait le havre le plus proche qu'elle puisse atteindre. Elle voulait être là où sa mère était. Elle désirait retrouver son rire. Sa voix. Son parfum.

Et toi ? Tu étais ma sœur invisible, nous étions ensemble contre vents et marées. Quand j'ai été trop vieille pour avoir des sœurs invisibles, tu es revenue autrement. Dépourvue de forme, dépourvue de nom. Un cercle d'oubli et d'angoisse, d'histoires inachevées. *Je ne te quitterai jamais.* Étions-nous ensemble à Paris ? Étions-nous une seule ou bien deux ? *Toi toi toi.* Mi-insecte mi-spectre, un peu réminiscence désespérée. Tu es venue en septembre et tu as grandi au point d'atteindre une taille inconcevable pour moi. Tu t'entortillais autour de moi, tu t'enchevêtrais à l'intérieur de moi, jusqu'à ce qu'il me soit impossible de différencier où tu commençais et où je finissais, qui de nous deux était qui.

~

C'est la nuit. Je suis vêtue d'une robe que j'ai empruntée à une fille de mon âge – une robe bleue, fine, soyeuse, qui m'arrive juste au bas des fesses – et du manteau également bleu que maman et moi avons acheté avant mon départ. Il me tient chaud. Je ne parle pas français, que quelques mots. Je porte aussi le bonnet rouge de maman. Un couple d'amoureux, bien plus âgés que moi, vient à ma rencontre sur le trottoir, je les vois très nettement (même aujourd'hui, presque quarante ans après) dans la lumière des réverbères. Ils ont l'air sympathiques, elle a de longs cheveux châtains et un bonnet rouge tout comme moi. Un énorme chien blanc marche entre eux deux. Ils peuvent m'aider. Oui, ils le peuvent. J'arrive à leur hauteur et me campe devant eux, je me place face à eux d'une manière qui les empêche de passer devant moi sans s'arrêter, de continuer leur promenade du soir sans d'abord m'adresser la parole – non, pas leur promenade du soir mais leur promenade nocturne, il fait nuit en ce moment – ; je les retiens sur le trottoir, sous le réverbère, et je leur demande de m'aider. Il faut que je retrouve mon hôtel. Je ne me souviens plus de son adresse. J'aurais dû être dans ma chambre depuis longtemps. Maman devait me passer un coup de fil à vingt-deux heures. C'était la condition pour que j'obtienne la permission de partir. Je dis tout cela en anglais. Je m'agite, je gesticule, comme si les contorsions de mes mains et de mes bras corrigeaient les carences de mon langage. Il arrive parfois que ces contorsions physiques compensent l'incomplétude du langage, par exemple quand vous dansez, quand vous faites l'amour, quand vous vous battez, quand vous jouez d'un instrument, ou encore quand vous pratiquez en ce moment même, si contre toute attente vous êtes cardiologue, une opération du cœur. Je me tiens au milieu du trottoir, je ne les laisse pas passer, je m'agite et je gesticule. Aidez-moi à trouver le chemin, s'il vous plaît. J'ai une chambre dans un hôtel. Je ne sais pas où il est, mais une clé qui est la mienne m'attend à la réception. Ma mère a déjà téléphoné de très nombreuses fois, elle a peur et elle est en colère.

Le couple d'amoureux me toise, bouche bée. Ils secouent la tête, haussent les épaules. Pardon, dit la femme au bonnet rouge qui ressemble au mien, pardon, répète-t-elle en indiquant d'une petite main toute gantée de bleu que je dois déguerpir, ne pas bloquer le trottoir, afin qu'elle, son mari et son chien puissent continuer leur trajet.

Ce dont je me souviens, c'est que –

Ce dont je me souviens, c'est le premier matin à Paris – avant la longue nuit durant laquelle je me suis perdue – et la lumière blanche dans le grand studio aux allures de bunker. Les filles sont juchées, dans un cône de lumière, sur des tabourets de bar tandis que A les photographie. La musique retentit en fond sonore, Hall & Oates ne parlent pas d'une femme dangereuse, comme je le croyais à l'époque, comme tout le monde le croyait, quand ils chantent « *she's a maneater* », et il suffit de quelques accords pour que nous nous mettions à chalouper, à nous déhancher timidement dans le studio photo, tout comme nous l'avons fait des centaines de fois, seules, dans notre chambre de petite fille, une femme dangereuse, séductrice, qui laisse dans son sillage un chapelet d'hommes – des hommes fous de désir et d'envie. Oh, avoir un tel pouvoir. Un tel corps. Susciter un tel désir. En 2014, quand je me mets à écrire (une fois encore) sur la fille de l'année 1983, pour abandonner tout de suite après, *The Philadelphia Inquirer* publie une interview du musicien John Oates dans laquelle il explique que *Maneater* n'a pas du tout trait à une femme, mais bien à New York City dans les années 1980, à la voracité, à l'envie et aux rêves brisés.

Je me souviens que je porte mes longues boucles d'oreilles en strass.

Ce dont je ne me souviens *pas*, c'est : Monsieur O. Il est entièrement effacé de ma mémoire. Je me demande s'il hausse les épaules (comme ce couple avec leur chien) les rares fois où il m'aperçoit. *C'est celle qui n'assiste jamais à mes cours.* Je me penche sur son portrait. Il semble être homme à hausser les épaules.

Da sa lettre inquiète qu'il adresse à maman – tapée à la machine, certainement sur la grosse machine à écrire blanche –, il s'est efforcé d'être exact, il décrit avec le plus de précision possible son élève de seize ans continuellement absente : *Pour peu que votre fille eût davantage été préparée et eût mieux organisé ses journées, non seulement elle aurait pu fournir un travail plus optimal d'un point de vue qualitatif, mais elle serait également de nature plus calme. Or elle vit désormais avec ce stress qu'implique de travailler constamment dans l'urgence. Être mieux préparée réduirait, à mon sens, une grande part de l'inquiétude qui régit sa vie actuellement.*

~

C'est le printemps. Le chien et moi faisons notre petit tour dans le Torshovparken. Il n'aime pas que je téléphone pendant la promenade au parc, il demande que l'attention ne soit pas répartie sur plusieurs sphères à la fois ; mais il finit par s'en accommoder, promenade, téléphone, puisqu'il s'accommode de tout ou presque, en fait : son vieillissement, son boitillement, sa lenteur, sa solitude quand il a le sentiment de faire partie des meubles. Il pardonne toujours.

Ma mère et moi parlons d'alcool.

Je *voulais* avoir des trous noirs, dit-elle au téléphone, elle qui n'a pas bu une goutte d'alcool depuis trente ans. Je buvais parce que je ne voulais pas être à l'endroit où j'étais. Je voulais dormir. Disparaître.

Disparaître ?

Je veux dire… je ne voulais pas *disparaître* disparaître. Simplement, je voulais être ailleurs, loin, pas pour de bon, mais pour un moment.

Puis elle me demande comment j'ai réussi à lui cacher que je buvais.

Ce n'était pas très difficile, dis-je.

Maman rit, perplexe cependant.

Et je ris moi aussi.

~

Le lendemain, Eva dit : J'ai repéré une fille.

Qu'est-ce que tu veux dire ? Où ça ?

Sur mon ordi, une nouvelle plateforme où les jeunes du monde entier peuvent se connecter pour faire leurs devoirs ensemble.

Mais il s'y passe quoi ? Et ça sert à quoi ?

Non, il ne s'y passe rien. On n'a pas la possibilité de se rencontrer, ni de s'envoyer des messages. Et c'est sans le son, sans bruits, comme dans une salle d'études. Enfin, pas comme dans une salle d'études vu que là il y a beaucoup de bruits. Ce que je veux dire c'est qu'on n'entend pas la voix des autres, on n'entend absolument rien. On se connecte, on fait ses devoirs, ou on regarde dans le vide si on veut, ou dans la caméra. J'ai vu quelqu'un jouer de la guitare, mais sans qu'on puisse entendre.

Le chien qui flâne entre Eva et moi décide de la vitesse, lente étant donné qu'il est vieux ; nous marchons dans le Torshovparken, puis dans le parc de Torshovdalen où, à maintes et maintes reprises, nous faisons le tour de la sculpture représentant cette grosse tête en bronze.

Maman… dit Eva, tu te souviens, lors du premier confinement, quand on se pomponnait rien que pour faire un aller-retour jusqu'à la tête en bronze ?

J'acquiesce.

J'aimerais bien en savoir plus sur cette fille. Elle est d'où ?

Aucune idée, répond Eva, elle est sans doute dans le même fuseau horaire que moi, mais rien n'est moins sûr. Tu as énormément de gens qui se connectent la nuit, mais elle, elle a quelque chose de diurne…

Qu'est-ce que tu veux dire par *diurne* ?

Chais pas.

Je lui demande ce qu'elle a remarqué en particulier chez cette fille.

Eva hausse les épaules.

Chais pas. Son visage. Son regard. Son style hyper cool.

Eva porte une robe en soie, fine, noire (qu'elle a héritée de moi), et des Doc Martens rouges.

Après m'être reconnectée hier, dit-elle, j'ai cherché parmi tous les visages, et finalement je l'ai retrouvée.

Eva finit son café, sort un masque de sa poche, qu'elle fourre dans le gobelet avant de jeter le tout dans la poubelle.

La fille a une tapisserie bleue au mur, dit-elle. Tout le monde peut voir ce qui entoure les autres, mais il est impossible d'avoir un contact visuel. Il y a tellement de gens qui se connectent qu'elle regarde peut-être d'autres visages que ceux que je regarde, moi. Je ne sais même pas si elle m'a vue. Peut-être que je devrais lui faire signe et voir si elle me répond.

~

Comment les expériences font-elles pour se perpétuer non pas en tant que souvenirs, mais bien en tant qu'oubli ? Comment écrire sur l'éclaboussure blanche de sorte que, bien qu'intraduisible, elle devienne une histoire avec un début, un milieu et une fin dignes de ce nom ? Quand j'avais seize ans, de l'automne 1982 à l'hiver 1983, j'ai connu pendant une courte période un homme de quarante-quatre ans que je surnomme A. Aujourd'hui il est vieux. De temps en temps, je me demande si je ne devrais pas lui envoyer un courriel. *Tu te souviens de moi ?*

Il était toujours défoncé à quelque chose, « la cocaïne traînait énormément dans les années 1980 », a-t-il déclaré dans une interview ; il était très courtisé, et il était imprévisible.

Il n'est pas certain qu'il se souvienne de moi. Et je ne suis pas certaine de *vouloir* qu'il se souvienne de moi.

Je clique sur les images qu'il a publiées sur Internet, un vieil homme qui a quitté New York pour s'installer quelque part aux États-Unis (non loin d'une plage) et qui met sur les réseaux sociaux des photos de lui, de ses enfants, de ses petits-enfants, de sa femme de trente ans plus jeune que lui. Les dernières sont nouvelles, il les a postées alors que j'écrivais sur lui, sans savoir que je pense à lui tous les jours, que je prononce son prénom dans ma tête. Sur une image, il est au côté de sa famille, chacun respecte la distanciation physique, ils ont pris place autour d'une grande table ronde, le couvert mis indique qu'il s'agit d'un repas de fête, ils sont seuls sur une plage de sable blanc, le vent souffle, ce que je constate aux longs cheveux des petites filles et au bord de la nappe blanche en mouvement ; le but de cette image, par les regards et les gestes des mains, est a priori de montrer qu'il est extrêmement compliqué de manger un gâteau d'anniversaire quand tout le monde porte un masque. Le gâteau rehaussé de quatre-vingts bougies trône au milieu de la table. Intact. Une mer d'un bleu impeccable les entoure. Au cours des dernières années, en plus des photos de famille, il en a posté d'autres, datant des années 1970 et 1980, lorsqu'il était non plus très mais hyper courtisé, des photos de femmes belles, de reportages, de unes de journaux, de couvertures de magazines immortels ; je me prends à me demander s'il va mettre en ligne la photo qu'il a prise de moi. J'ignore si ça aura lieu. Bien sûr que non. S'il se souvient de moi, c'est comme un point lumineux, une lueur. Qu'est-ce qu'il m'a dit, le jour où on était dans sa jeep, où je pleurais et je disais que je voulais rentrer à la maison ? *Sale petite merdeuse névrosée.*

La seule chose que je conserve, c'est le souvenir de la photographie d'une jeune fille, de moi. J'avais à l'époque le même âge qu'Eva aujourd'hui, ou peut-être étais-je un peu plus jeune, et je me demande si le fait de vivre à nouveau ces *seize ans*, non pas les siens propres mais ceux d'une autre, d'une enfant, d'une autre fille que j'aurais, change la perspective.

Je n'éprouve plus cette fureur contre la fille âgée de seize ans et baptisée Karin, et tant pis si personne ne l'appelait et ne l'appelle plus par ce prénom ; je n'éprouve plus cette honte envers elle, cette frénésie à la biffer, à l'oublier, à feindre qu'elle n'existait pas. Qu'elle *existe*. Et pourtant : le fait que nul ne se souvienne de ce qui m'est arrivé, que rien n'ait été écrit à ce sujet, me pousse à douter de la véracité de ce que j'ai vécu, j'en viens à douter que ça m'est effectivement arrivé, ou plutôt, je sais que ça m'est arrivé – *Ce que tu peux être cruche comme gamine, t'as rien à faire ici* –, mais je doute de la validité de ce que j'ai vécu, je doute de l'intérêt à le révéler. Et en même temps : si je n'écris pas à ce sujet, sous prétexte que je doute, sous prétexte que le doute engendre l'angoisse, sous prétexte que je fais n'importe quoi ou presque pour ne surtout pas être saisie par l'angoisse, sous prétexte que le doute et l'angoisse me transportent dans ce même état d'impuissance qui était le mien quand j'avais seize ans, dès lors j'oublie que, comme Annie Ernaux l'écrit, « les choses me sont arrivées pour que j'en rende compte ». Quelques mois après notre rencontre dans l'ascenseur, A et moi avons passé plusieurs jours ensemble à Paris. Dans son appartement, dans son lit, dans ses draps blancs, dans sa jeep rouge, dans son studio photo aux allures de bunker.

Il n'empêche : la fille que j'étais se disloque chaque fois que je la touche. Mais tu laisses des tas de choses de côté, crie-t-elle à un angle de rue, dans une ville totalement étrangère pour elle. Et le mot *connu* est erroné, dit-elle. Tu as écrit : *Quand j'avais seize ans, de l'automne 1982 à l'hiver 1983, j'ai connu pendant une courte période un homme de quarante-quatre ans* – c'est erroné. Il ne s'agissait pas de *faire la connaissance de*, il ne s'agissait pas de *connaître*. Sois précise. Je t'en prie.

On est en pleine nuit, il fait froid dehors, elle porte une robe longue qu'elle a empruntée, un manteau bleu neuf et des bottines à hauts talons.

~

À New York, d'autres gens sont toujours présents là où est A, et où qu'il soit d'ailleurs. Dans le studio photo. Dans l'appartement. Un jeune garçon maigrichon qui lui sert d'assistant, des maquilleurs, des coiffeurs, des amis de A, un vieux photographe qui habite lui aussi dans un appartement de Carnegie Hall – *Il était connu autrefois, il prenait des photos importantes, tu devrais savoir qui il est*, dit A –, des filles. Des filles sont également présentes. Et un homme obèse. Les hommes (hormis l'assistant) sont souvent d'un certain âge, dans la quarantaine, la cinquantaine. L'homme obèse s'appelle Claude. Quand A regarde à gauche, Claude regarde à gauche lui aussi. Difficile à part ça de savoir ce qu'il boutique. Il connaissait par leur prénom toutes les filles qui allaient et venaient. Il connaît par leur prénom toutes les filles qui vont et viennent. Jane est l'une d'entre elles. Elle fréquente le même lycée que moi, va dans une classe en dessous de la mienne, doit avoir quatorze ou quinze ans – elle est plus jeune que moi mais dépasse le mètre quatre-vingt-dix et n'adresse la parole à personne. Quand nous nous croisons dans le studio, nous faisons semblant de ne pas nous reconnaître, de ne pas nous avoir déjà vues dans les couloirs de l'école. Comme si notre statut de lycéennes relevait d'un secret que nous rechignions à partager avec quiconque ici. L'histoire de Jane veut qu'elle ait été découverte dans un supermarché du Wisconsin. À en croire les on-dit, elle vivrait avec son agent, l'un des agents les plus puissants de la ville.

Jane est belle à tomber, dis-je à A.

Jane n'est pas belle, interrompt Claude, *elle pue le sexe.*

Jane a disparu du lycée quelques mois après mon retour de Paris, en mars ou en avril 1983. Je feuillette le *yearbook*, celui de 1984, mais j'ai beau la chercher, je ne la trouve sur aucune des photos de classe.

Qu'est-ce qui lui est arrivé ?

Certains disaient qu'elle avait arrêté sa carrière de mannequin, d'autres qu'elle avait changé de lycée. Certains disaient que son agent l'avait flanquée à la porte et remplacée par une nouvelle, d'autres que son grand frère était venu la chercher à la gare routière de Port Authority (seule, surpassant toutes les femmes et presque tous les hommes, sous un panneau des bus Greyhound, sans un dollar en poche). Certains disaient que son frère avait refusé de la lâcher tant qu'ils ne seraient pas arrivés à bon port dans le Wisconsin, d'autres que le trajet en bus avait duré dix-neuf heures environ, ce qui est long quand on ne lâche pas quelqu'un. Certains disaient qu'elle était morte, d'autres qu'elle avait décroché un boulot à Milan, d'autres encore qu'elle bossait à Tokyo. Certains disaient qu'elle avait fait une overdose, crack, héroïne, d'autres qu'elle avait sniffé tellement de coke qu'elle avait un trou dans le nez et ne pouvait plus travailler comme mannequin, d'autres encore qu'elle avait rencontré un garçon de vingt ans, qu'elle s'était mariée et avait quitté la ville.

~

Si de très nombreuses fois je prononce d'affilée tes prénoms (tous les prénoms que je t'ai donnés au fil des années), je peux alors imaginer ton visage, ton corps menu, tes mains (tes ailes ?) si grandes et si sèches qu'elles rappellent des feuilles mortes, de la vigne vierge en automne.

Quand nous étions petites et toutes chaudes, à l'âge de neuf ans peut-être, plus soleils qu'ombres, tu as pris mes mains dans les tiennes.

Regarde-nous, as-tu dit.

J'ai retiré mes mains et j'ai dit :

Ça porte malheur de comparer ses mains, surtout si on les place l'une à côté de l'autre.

Tu t'es mise à venir sans prévenir, comme quand nous étions enfants.

Je dis : Laisse-moi tranquille. Va-t'en, va importuner les autres.

Tu t'assieds dans le canapé. Tu t'assieds sur la chaise près de la fenêtre. Tu danses en tournoyant dans la lumière du soleil, tremblante, je te dis : *Je ne fais pas de bruit, je ne fais aucun bruit, tu entends comme je suis silencieuse.*

Puis, cette fois encore, tu prends mes mains dans les tiennes et tu les serres. Tu dis :

Tes mains sont plus grandes que les miennes. Tout chez toi est plus grand.

~

Printemps 2021. Je décide de partir dans notre maison d'été, pour écrire.

Maman et moi avions l'habitude d'y aller quand j'étais petite. Maman mettait *Raindrops Keep Fallin' on My Head* sur le petit tourne-disque du salon. Elle prenait sans arrêt des photos qu'elle punaisait au mur après les avoir fait développer en ville. Nous marchions pieds nus sur les rochers chauffés par le soleil, puis nous dévalions la pente abrupte qui descend à l'endroit où on peut se baigner, maman dans de longues robes légères et des pulls amples qu'Eva a retrouvés dans l'armoire plus de quarante ans après et s'est appropriés.

Nous dînions de plats en sauce qui avaient mijoté toute la journée sur la cuisinière, suivis de friandises en guise de dessert. Je lui parlais de mes semaines chez papa à Hammars, de son vélo rouge, de mon frère Daniel qui dormait dans la chambre d'à côté, des draps bleus. En août, soit une semaine ou deux avant la rentrée des classes, la nuit noire tombait d'un coup et Heidi arrivait en train. Maman et moi l'attendions sur le quai en lui faisant de grands signes. Heidi avait un an de plus que moi, pouvait plonger du haut des falaises les plus vertigineuses et ramasser les méduses à mains nues.

De temps en temps, maman et Heidi s'installaient côte à côte à la grande table avec vue sur la mer, elles mettaient du bois dans la cheminée, elles riaient, elles rangeaient les couverts ou faisaient une réussite. Elles avaient de longs cheveux qui brillaient dans la lumière du soir.

Il y avait sur la petite table, celle qui était posée juste en dessous de la fenêtre, un saladier bleu avec des pommes trop mûres.

~

Ne décroche pas mes photos, dit maman au téléphone.

Depuis une assez longue période, maintenant qu'il est devenu impossible de voyager, elle habite une maison dans le Massachusetts.

Elle est tombée amoureuse d'un érable rouge derrière la fenêtre de sa cuisine.

Elle vit avec un vieil homme qui ne lui répond pas quand elle lui adresse la parole.

~

Et toi tu dis : Si tu vas dans la maison d'été, je veux venir moi aussi. *Toi toi toi.* Je ne sais pas comment je suis censée t'appeler. J'emmène le chien. Il est aussi vieux que l'érable de maman. La seule chose que j'aie besoin de dire, peut-être, c'est qu'il existe. *Le chien existe.*

Gros, noir, beau. La nuit, il a une respiration tellement forte, tellement lourde, que je rêve de trains (cahotant, sifflant) pour la simple raison qu'il s'est couché à côté de moi, parfois même sur moi, dans le lit, la truffe contre mon oreille.

Le premier soir, je descends la pente abrupte jusqu'à la mer pour voir les méduses. Elles sommeillent en surface, enchevêtrées, chétives, sans que l'on puisse distinguer où commence l'une et où finit l'autre. À l'exception d'une seule, bleue, qui ne s'entortille pas, ni en elle-même ni dans les autres. Elle n'a ni la taille énorme ni la grande beauté de celle dont je rêvais quand j'étais petite, mais je n'en reste pas moins longtemps à la regarder. Elle se rétracte, s'écarte, se rétracte, s'écarte. Et pendant que je regarde – la lumière du printemps, grise sur l'eau –, je pense à mon propre cœur, à celui de mes enfants, au cœur (*le tien*) de ma sœur invisible qui n'existe pas, au cœur de mon père qui ne bat plus, au cœur de ma mère.

Tu fais quoi ? demande maman au téléphone.
J'écris, et je traduis un peu quand je n'écris pas.
Tu es seule ?
Oui.
Tu as décroché mes photos ?
Non.
Tu as peur du noir ?
Oui.
Tu écris quoi ?

Rien d'important, tout et rien, comme on dit. Peut-être deux ou trois choses qui te feront rire, *cet indomptable, éternel, viscéral ha ha*, j'y arrivais toujours autrefois.

J'ai hâte de lire.

Le matin puis à nouveau le soir : d'interminables promenades avec le chien le long du champ vert clair. Il essaie de comprendre ce que ça veut dire d'être chien. Il a peur des vagues, aboie face à son ombre, il a des oreilles aussi douces qu'une joue de bébé et des pattes qui sentent bon. Un jour où nous marchons, il tire sur sa laisse, plus que d'habitude, et à notre grande surprise à tous les deux je fonds en larmes. Il se retourne avec un air malheureux car il suppose que je pleure à cause de lui. Je secoue la tête. Je dis : Ça n'a rien à voir avec toi, ça n'a rien à voir avec toi, je ne sais pas ce que c'est. C'est toujours ce que je dis quand tu (pas le chien mais toi) te trouves dans les parages.

Je dis : Je ne sais pas ce que c'est. Chaque fois tu es changée, tu surgis constamment sous de nouveaux accoutrements : sous la forme d'une lumière trop éblouissante, d'une nuée d'insectes, de branches impétueuses, d'une chaussure noire cirée de près. Est-ce à cause de ces changements constants que te fréquenter relève de l'impossible ? Je ne te reconnais pas d'une fois à l'autre, mais je sais que c'est toi, je n'arrive pas à respirer quand tu te trouves dans les parages. *Tu m'entoures par-derrière et par-devant.*

Je n'ai pas la permission de partir. Maman dit que je suis trop jeune. Tu es beaucoup trop jeune. *Je dis non.* Elle tourne en rond dans notre appartement de la 81e rue Ouest et dit non. De combien de manières peut-on dire non ? Trois, cinq, neuf, dix-huit, vingt-sept, cinquante-neuf, quatre-vingt-trois, cent cinq ? Et pourtant la fille dans l'avion est bel et bien moi. Avec un manteau bleu neuf, des bottines neuves et un bonnet tricoté rouge. *Nous voyageons habillés de pied en cap*, c'est ce que nous disons dans notre famille, à en croire maman. Je ne sais pas si c'est vrai. Je n'ai jamais entendu quelqu'un de notre famille dire *nous voyageons habillés de pied en cap*, ni avant ni depuis.

Maman a dit non, tu n'as pas la permission de partir, tu es trop jeune, ce n'est pas de ton âge, ça ne va pas du tout, nous ne savons pas si *ces gens* que tu vas rencontrer sont *des gens bien*. Puis nous sommes allées m'acheter des vêtements neufs en vue du voyage.

En employant la tournure *ces gens*, je crois que maman faisait allusion à A ; mais il était plus simple de penser et de parler en généralités plutôt que de préciser de façon spécifique, qui plus est quand cela touchait un domaine qui avait trait à elle, à moi, à nous.

~

Notre maison d'été est meublée de commodes de toutes tailles et de toutes essences de bois. Les tiroirs sont pleins à ras bord, l'un de couverts, l'autre de photographies que je me mets à parcourir. Maman et son amoureux y sont encore jeunes. Ils ont la visite d'amis. Ils font un barbecue. Ils sont assis sur la terrasse. Tout le monde boit du vin, à l'exception de maman. Elle boit un Coca, retranchée dans l'ombre, une grande capeline noire sur la tête. Dans un troisième tiroir, je trouve un dossier contenant des documents des années 1960 et 1970 : photos, articles de journaux, lettres et autres courriers, ainsi qu'un petit tas de bouts de papier. Un des courriers est une lettre d'amour. L'écriture est tarabiscotée, mais je réussis tout de même à la déchiffrer. Celui qui écrit (je suppose que c'est un homme) cite *Un hiver dans la vallée de Moumine* de Tove Jansson. Lire des lettres manuscrites est un savoir perdu, tout comme remonter sa montre, consulter une encyclopédie ou attendre d'être dans un endroit où les encyclopédies *existent* pour obtenir la réponse au sujet sur lequel on s'interroge, ou encore tourner avec un doigt le cadran d'un téléphone, plutôt d'ailleurs avec un crayon si on est une fille et qu'on ne veut pas casser ses ongles. J'ai beau m'efforcer de décrypter la signature de l'auteur de cette lettre d'amour, je n'y parviens pas.

Je lis à haute voix la lettre à maman au téléphone. Je lui demande si elle se souvient de qui il peut s'agir. C'est soit F, soit H, dit-elle, sans doute F.

Une photographie ancienne de maman est punaisée au mur en pin, cachée derrière des piles de livres. Elle date de la fin des années 1970 et n'est pas sans rappeler celle que A a prise de moi quinze ans plus tard : une jeune femme désirable (ayant plus de treize ans mais moins de vingt-cinq) aux grands yeux bleus et aux épaules dénudées.

Le tas de bouts de papier est rangé dans une enveloppe. Il s'agit de petits mots que j'ai écrits à maman. L'un d'eux est daté de février 1983, donc après mon retour de Paris. Ils sont tous de cette époque et ont tous été écrits à New York. Mon écriture est presque identique à celle d'aujourd'hui : jalonnée de lettres majuscules emberlificotées et obliques. Maman a dû rassembler mes petits mots dans cette enveloppe qu'elle a emportée en Norvège puis rangées dans le tiroir en pin de notre maison d'été, au côté des autres choses oubliées.

Chère maman,

Si jamais quelque chose te fait de la peine – il vaut mieux que tu m'en parles plutôt que tu sois en colère contre moi. Je veux que tu aies confiance en moi. Peut-être que c'est difficile. Mais je te promets d'être franche par rapport à toutes les questions que tu me poseras. Je sais qu'il m'est arrivé autrefois d'être méchante envers toi – et que tu ne me le pardonnes peut-être toujours pas. Mais je te promets de ne plus être comme ça. Mon vœu le plus cher, c'est qu'on se réconcilie et qu'on soit amies (qu'on soit copines*). Je t'aime beaucoup.*

Je la vois comme si elle était devant moi, du haut de ses quatre-vingt-deux ans, le combiné contre son oreille. Je ne lui parle pas du petit mot. *Je sais qu'il m'est arrivé autrefois d'être méchante envers toi – et que tu ne me le pardonnes peut-être toujours pas.* Je ne me souviens pas de ce que j'avais fait. Est-ce que c'était à cause de Paris ? Comme quoi je n'aurais pas tenu ma promesse, comme quoi je n'aurais pas été dans ma chambre d'hôtel à vingt-deux heures, heure française ?

Maman et moi raccrochons. Quoique, ce n'est pas tout à fait ce que nous faisons. Nous ne *raccrochons* pas, même si nous le disons.

Bon, c'est moi qui raccroche. Ou alors c'est toi qui raccroches ?

Elle dit : Ces journées sont longues et courtes en même temps. Elle va de pièce en pièce, elle prépare le repas, elle fait la vaisselle, elle met la table, tout cela pendant que la télé marche en fond sonore et que les nouvelles tournent en boucle, elle parle aux chats, elle se lave les cheveux, l'épuisement a un goût de chagrin ; quand je lui demande comment elle va, elle me fournit sa réponse habituelle : Je ne veux pas aller là-bas, sans pour autant préciser où ce *là-bas* est supposé être. Elle parle à son compagnon qui ne lui répond pas quand elle lui pose une question, elle dit qu'il commence à avoir des pertes de mémoire, elle écrit des listes de courses, elle téléphone, téléphone encore, elle rapproche le tabouret de la fenêtre de la cuisine pour regarder l'érable rouge dans la lumière scintillante de l'après-midi.

~

Dans l'avion, mon siège est tout au fond, près des toilettes, à côté d'un homme prénommé Claus – Claus avec un C, dit-il, pas avec un K comme le criminel de guerre. *Le boucher de Lyon.* Arrêté en Bolivie aujourd'hui, vous êtes au courant ?

Je fais signe que oui. Je l'ai vu aux informations ce matin.

Il faut que vous lisiez les journaux, dit-il, ne regardez pas les informations télévisées. Une nouvelle peste est en route, poursuit-il, de ça au moins vous êtes au courant ?

Je ne capte pas bien son nom de famille. Claus Machin Chose, en plus d'être professeur de littérature, se sent malade. Ou plutôt, pas malade mais pas en forme non plus. Patraque. Je suis enrhumé tel jour et endolori tel autre, dit-il, j'ai de la fièvre, pas une grosse fièvre, mais j'ai tout le temps chaud à la tête. Vous voulez toucher ? demande-t-il en montrant son front. Fiévreux, pas vrai ? Je fais signe que non. Nous sommes toujours sur le tarmac, nous attendons l'autorisation de décoller. Quand l'avion accélère et s'envole enfin, il pousse un profond soupir et s'allume une cigarette. Il sourit. À partir de maintenant, inutile de pleurer sur son sort, dit-il en prenant son livre. Inutile aussi d'être tendu ou d'écouter le moindre bruit. Si on tombe, on tombe. Le roman qu'il lit est signé Hermann Broch, *Les Somnambules* – vol. III, *1918*.

Mon père est né en 1918, dis-je en désignant la couverture.

Tiens tiens.

Lui aussi a peur de s'enrhumer et d'avoir de la fièvre.

Aha, répond-il avec un hochement de tête aimable.

Je sors mon livre moi aussi. C'est l'heure du dîner. Cacahuètes et apéritif pour commencer. Claus et moi abaissons nos tablettes. Il prend une petite bouteille de whisky et obtient en même temps un verre avec des glaçons. J'étudie l'hôtesse pendant qu'elle le sert – grande, svelte, adulte, sévère –, je ne cours pas le risque de commander de l'alcool et demande plutôt un verre de Schweppes. On me demande souvent ma carte d'identité, j'ai l'air plus jeune que les dix-huit ans que *je veux faire* en réalité, plus jeune que les seize ans que *j'ai* en réalité. L'hôtesse revient au bout d'un petit moment, cette fois avec le plat principal. Elle extrait de son chariot deux plateaux blancs en plastique, m'en donne un, tend l'autre à Claus. Nous mangeons (de la viande salée, une sauce brune, une tranche de pain de mie, un morceau de fromage, une part de gâteau enveloppée dans un film alimentaire) en silence. Après le repas, et avant l'extinction des lumières puis le début du film, il me demande si j'ai froid aux pieds. Il a remarqué que je suis assise dans mon siège jambes croisées et pieds sous les fesses, comme si je méditais, et il suppose que ce n'est pas le cas, que si j'ai choisi cette position c'est parce que j'ai froid.

J'ai raison ?

Un peu, peut-être.

Il se penche, ouvre sa mallette posée sous le siège devant lui. Il en sort une paire de chaussettes, grandes, grises, tricotées main, non sans m'expliquer qu'il emporte toujours au minimum deux paires de chaussettes chaudes lors de ses voyages long-courriers, d'ailleurs même pour les vols rapides, il est absolument nécessaire d'avoir l'indispensable dans son bagage à main, celles-ci sont à vous, dit-il, je vous les prête, il me tend les chaussettes, mettez-les, dit-il ensuite, vous verrez que vous n'aurez plus froid.

Sur ce, il me demande ce que je vais faire à Paris.

Je vais travailler, dis-je en enfilant les chaussettes et en pensant à maman qui, plus tôt dans la journée, me disait au revoir sur le trottoir, dans la neige fondue et dans des chaussettes en laine détrempées.

Vous n'allez pas à l'école ?

Si si, mais je pars en mission à Paris.

Je ne veux pas dire que je suis mannequin, je n'ai pas l'allure d'un mannequin. Je m'empresse de demander :

Et vous, vous travaillez dans quoi ?

J'enseigne la littérature anglaise, mais disons plutôt que je n'ai ni heures de cours ni étudiants, je n'ai plus que des *heures de bureau*... Vous n'êtes pas encore à l'université ?

Je vais au lycée.

Quel âge avez-vous... quinze ans, seize ans ?

Seize. Et vous faites autre chose à part vos heures de bureau ?

J'écris un livre.

Sur quoi ?

Une parabole sur la fin du monde.

D'accord.

L'Évangile selon Matthieu, chapitre 25, versets 1 à 13.

Je secoue la tête.

Le récit sur les dix vierges.

Nouveau mouvement de tête, je dis que j'en ai peut-être entendu parler lors de ma confirmation, je ne sais pas… Qu'est-ce qui leur est arrivé ?

Cinq d'entre elles sont intelligentes, les cinq autres sont déraisonnables, voilà ce qui leur arrive, dit Claus. Cinq d'entre elles se débrouillent, les cinq autres n'arrivent à rien. Les cinq intelligentes font tout correctement, les cinq déraisonnables sont… *non préparées*. Au fait, en parlant de cinq, vous saviez que le ver de terre a cinq cœurs ?

Non.

Moi je n'en ai qu'un (dit-il en mettant sa main sur sa poitrine), et je crains de l'avoir usé et brisé complètement. Il paraît que le troisième infarctus est fatal, mais je peux vous assurer que j'en ai eu bien plus que trois.

Ah oui.

Quinze ans, dit-il, puis il murmure : *et moi j'entends le chant du lombric dans le cœur de nombre de petites filles*.

Seize, dis-je.

Quoi ?

Seize. Vous avez dit quinze ans. Mais j'ai seize ans.

Bien sûr.

Je finis ma boisson.

C'est pour ça que vous emportez toujours deux paires de chaussettes ? Parce que vous voulez être préparé ?

Voilà, exactement, dit Claus. Exactement.

Et au moment où il répète *exactement*, comme s'il doutait que ce soit le mot juste, l'hôtesse vient dérouler l'écran. Les lumières s'éteignent en cabine. Je regarde ma montre. Elle est toujours à l'ancienne heure. Nous atterrissons à Paris dans cinq heures.

Chaque fois que j'ai voulu commencer un nouveau livre, je me suis dit qu'il allait porter sur la photographie que A a prise de moi en janvier 1983. J'ai voulu écrire sur la période précédant la photo, les journées à Paris, et la période suivante – sauf que j'ai toujours fini par me plonger dans d'autres récits. Le cœur me lève dès que je repense à cette histoire de photo, c'est une histoire merdique que j'ai envoyée valser mille et une fois pour mille et une raisons.

~

Quand j'ai atterri à Paris, c'est Claude qui est venu me chercher, il m'a conduite à l'hôtel où j'étais censée résider. Claude aux montres hors de prix dans la poche intérieure de sa veste. Claude aux regards humides. Claude qui conduit trop vite et ne décroche quasiment pas un mot pendant le trajet en voiture.

~

Quand maman téléphone de sa grande maison dans le Massachusetts et n'arrive pas à me joindre, elle dépose des messages (souvent plusieurs d'affilée) sur le répondeur de mon portable. Parfois, la communication est tellement mauvaise qu'il n'en reste que des bribes – comme si le message laissé était un poème millénaire dont quelques mots seulement auraient survécu et qu'il fallait deviner le reste. J'ai rêvé une nuit qu'elle habitait une petite cabane entourée de palmiers et de plantes grimpantes. Pour y accéder, il fallait emprunter un chemin désert flanqué de chaque côté de marécages et sans personne en vue. Des marécages et des crocodiles. Souvent (du moins dans mon imagination), c'est précisément lorsqu'elle se trouve sur ce chemin qu'elle m'appelle.

J'écoute ses messages tout en marchant le long du champ vert clair.

] le cœur
] dit au médecin que
] les bulles et la lumière
]
]
] une réponse digne de ce nom après des journées d'attente et d'inquiétude

~

Le chien et moi nous descendons au bas de l'escarpement. C'est un long sentier qui sillonne à pic jusqu'à la mer. Je ne sais pas si *sentier* est le mot juste. Ou est-ce un *chemin* ? Pour tout ce qui concerne les moyens d'avancer – routes, sentiers, directions –, je suis obligée d'interroger quelqu'un. Je peux sans prévenir perdre le sens de l'orientation, dans un paysage, une ville ou un bâtiment. C'est une désorientation qui se manifeste comme un violent dérangement sensoriel. Qui revient à perdre pied. Je n'ai tout bonnement pas reçu la formation à laquelle Walter Benjamin fait allusion quand il écrit à propos de l'art de s'égarer : « Les noms de rue doivent parler au promeneur fourvoyé comme le craquement des branches sèches, et les petites rues du centre-ville refléter à ses yeux les heures du jour aussi distinctement qu'un vallon de montagne. » Je pense davantage à une autre désorientation, celle dénuée de vitalité, une désorientation où rien ne vous parle, ni les noms de rue, ni les branches sèches, ni les heures du jour. La première fois que ça m'est arrivé, j'étais à Paris. Tout était d'un blanc hivernal, rehaussé en creux d'une lueur bleutée. Je m'en souviens bien. C'était en pleine nuit, je n'avais plus la notion de l'heure, maman ne dormait toujours pas mais elle était loin loin loin, dans un autre fuseau horaire, elle avait téléphoné, encore et encore et encore, pendant plusieurs heures, sans obtenir de réponse, avait discuté avec la dame de la réception, j'en étais certaine, demandé dans son français de cuisine si elle avait vu la jeune fille revenir dans sa chambre depuis qu'elle y avait pris ses quartiers le matin. Je n'avais pas l'adresse de l'hôtel. Ni le nom. J'avais tout bonnement oublié de les noter. Quel degré de bêtise peut-on atteindre ? *Se débrouiller ? Assez grande ?* Je savais ce qui se trouvait à proximité immédiate de l'hôtel, ce à côté de quoi je devais passer – un kiosque, une vitrine de magasin, un arbre, un feu de croisement –, mais je ne savais pas dans quel ordre ces repères devaient se profiler pour que je sois sûre d'être sur la bonne voie.

Quand je discute avec mon mari au téléphone, nous nous promettons l'été prochain, lorsque Eva, lui et moi viendrons dans la maison d'été, de nous baigner en mer tous les matins.

Le trajet jusqu'au lieu de baignade : d'abord la pente abrupte. Puis un pont provisoire, composé de cinq planches, j'ignore qui l'a fabriqué à l'époque mais je l'ai toujours connu ici, qui recouvrait un espace trop grand pour sauter par-dessus. Puis un rocher encore plus escarpé qui tombe à pic sur la droite, avec une corde de sécurité fixée à la paroi raide, dont je me moquais quand j'étais petite mais dont je suis reconnaissante aujourd'hui. La mer sous mes pieds est vertigineuse. Une autre manière pour dire que, ici, sur le sentier, ou sur le chemin, qui n'est ni un sentier ni un chemin, je me cramponne à la corde et fixe le sol. Je n'ose pas lever la tête et regarder la mer, les bateaux, le soleil ou l'horizon brumeux. Le vertige, ai-je lu quelque part, ne correspond pas à la *peur* mais bien au *désir* de tomber.

Le chien et moi atteignons une petite étendue, un instant de tranquillité, une clairière de quelques mètres seulement où la bruyère, la mousse, les myrtilliers explosent en violet et en vert, les pins noueux font semblant d'être la part d'une entité plus grande qu'un simple lopin de terre insignifiant qui s'agrippe à la roche, la clairière fait semblant d'être une grande forêt. Hors de cette forêt, tout redevient escarpé, dépouillé ; le chien veut se coucher dans une marmite de géant remplie d'une boue noire, mais je lui crie *non*, les fantômes de tous les chiens que j'ai eus avant lui y gisent. Nous descendons les marches en pierre, scellées dans la roche à l'aide de boulons, jusqu'au lieu de baignade.

Je me baigne. Pas le chien. Mais il est couché sur le rocher. Il me suit du regard.

Quand nous remontons, tout recommence, le rocher, la clairière, le pont, mais dans le sens inverse, et là le sentier, ou le chemin, ne paraît ni escarpé ni vertigineux. J'ai enroulé une grande serviette bleue autour de mes cheveux mouillés et ôté mes sandales. La roche est chaude sous mes pieds.

~

Il existe un enregistrement sonore de Virginia Woolf, réalisé par la BBC et datant de 1937. Sa voix est nettement plus aiguë, nettement plus pointue que je me l'étais imaginée. Quand on écrit, dit-elle, « il s'agit uniquement de trouver les mots qu'il faut et de les mettre dans l'ordre qu'il faut ».

~

Pourquoi tu viens ici ? demande A.
Qu'est-ce que tu veux dire ?
Au lieu d'aller à ton hôtel ?

~

Je sonne bien qu'on soit en pleine nuit, je pousse la porte cochère, je monte les marches de la cage d'escalier plongée dans le noir, premier, deuxième, troisième étage. Je suis allée en boîte de nuit avec deux filles plus âgées que moi, je rentrais à l'hôtel où je logeais mais je ne me souvenais ni de son nom ni de son adresse, encore moins de son emplacement, et je ne pouvais pas demander à quelqu'un, ou plutôt si, j'avais demandé mais ça ne m'avait été d'aucune d'aide, car : qu'est-ce que j'aurais demandé ?

La seule chose dont je me souvenais, c'était l'adresse de A. Parce que je l'avais notée sur un bout de papier.

Un homme avec une écharpe rouge m'avait accompagnée tout du long.

~

Je suis logée dans un hôtel une étoile, c'est là-bas que je vais, je crois qu'il se trouve peut-être dans le 5e arrondissement, *où ça*, je n'en sais rien. Les amoureux d'un certain âge avec l'énorme chien blanc secouent la tête et passent leur chemin. Je ne me souviens ni du nom ni de l'adresse de l'hôtel. Tout ça, je peux le dire en anglais mais pas en français, et pour autant que je croise quelqu'un qui parle anglais dans la rue à cette heure-ci, il ou elle ne pourrait pas grand-chose pour moi. Où est ton hôtel ? *Je ne sais pas.* Comme s'appelle-t-il ? *Je ne sais pas.* Tu te souviens de l'adresse ? *Non.* La seule adresse dont je me souvienne, c'est la sienne à lui. *Donc tu as une adresse ?*

Oui, ou plutôt non, enfin je ne sais pas.

4 rue des Anglais – est-ce éventuellement l'adresse de A à Paris ? Je n'y ai pas pensé jusqu'à maintenant, à l'importance de cette adresse. Je n'ai pensé qu'à *lui.* Et à la photo qu'il a prise de moi. Et aux journées que nous avons passées ensemble. Mais au moment où j'écris ces lignes, je ne suis pas certaine de devoir conférer à cette adresse une part importante au sein de l'histoire, car que se passera-t-il si jamais j'ai un faux souvenir – ou encore, s'il a effectivement habité au 4, rue des Anglais, je me rapprocherais dès lors de l'identité réelle de A ?

Quelqu'un qui le connaissait à l'époque dira : Mais ce n'est pas *toi* qui habitais là-bas ?

Il est fort probable que A ne se souvienne pas de moi, mais il se souvient à coup sûr de l'endroit où il habitait à l'époque, même si cela remonte à quarante ans.

Et pour autant qu'il n'ait pas habité au 4, rue des Anglais, je serais alors un *témoin peu crédible* (comme on dit). Une personne peu fiable.

J'ouvre Google Earth et vais dans la rue des Anglais. Je dirige la flèche en haut et en bas, en avant et en arrière. Le numéro 4 a une porte d'entrée rouge. Je ne me souviens pas qu'elle ait été rouge. Peut-être que ce n'était pas au numéro 4. Peut-être que j'ai rêvé cette histoire d'adresse. Tout comme j'ai rêvé un jour que j'avais une professeure d'anglais dénommée Mrs French (quand j'avais douze ans et un appareil dentaire, quand je vivais dans une grande maison jaune à deux heures en train de New York).

Je clique sur la flèche une dernière fois, en haut puis en bas de la rue, comme si je m'attendais à la voir là-bas, une jeune fille de seize ans, dans une robe qu'on lui a prêtée, un manteau neuf, un bonnet rouge et des bottines à talons hauts.

~

Ma chambre d'hôtel à Paris – un lit à baldaquin, grand, virginal, tiré au cordeau, placé au milieu de la pièce – se trouvait au troisième palier d'un immeuble délabré *quelque part* à Paris. Où ça ? Je ne sais pas. Sois précise. Je ne peux pas. Sois concrète. Je ne sais pas comment faire. C'est le minimum syndical, la précision. Ça vaut aussi bien pour les écrivains ou les artistes que pour les jeunes filles qui prétendent être assez grandes pour partir toutes seules de l'autre côté de l'Atlantique et être photographiées. Une dame grisonnante m'a accueillie à mon arrivée, je crois que c'était la gérante, ou la propriétaire, elle a jeté un œil par-dessus mon épaule pour voir si quelqu'un me suivait – *est-ce qu'elle a vu Claude dehors sur le trottoir ?* –, elle m'a donné la clé, une grosse clé dorée fixée à un médaillon encore plus grand dans lequel était gravé le nom de l'hôtel. Elle m'a expliqué en français que je devais confier la clé à la réception chaque fois que je quittais l'hôtel, que le petit déjeuner était servi entre sept heures et huit heures trente ; je comprenais ce qu'elle disait parce qu'elle gesticulait et grimaçait et terminait chacune de ses phrases comme si elle me posait une question. (Je voulais uniquement qu'elle en finisse avec son discours, ses consignes, ses questions, qu'elle me laisse monter toutes ces marches pour rejoindre ma chambre, Claude m'attendait, il attendait sur le trottoir, peut-être qu'elle le reconnaissait, peut-être qu'elle voulait m'empêcher de le rejoindre.) Les questions qu'elle me posait étaient du genre : Tu comprends ce que je te dis, ma petite ? Il faut bien que tu te le mettes dans la tête, d'accord ? Tu n'emportes pas la clé quand tu pars d'ici, mais tu la laisses à la réception, et tu sais pourquoi ? Parce qu'elle peut disparaître, et tu imagines bien quels problèmes ça engendrerait, n'est-ce pas ? Le petit déjeuner est simple mais bon, tu viendras le prendre, hein, mince comme tu es ?

Elle m'a donné une petite tape sur la joue et a secoué la tête en découvrant à quel point ma valise était lourde. Il y avait des chats partout. Ils dormaient à la réception et sur les marches de l'escalier, recouvertes d'un tapis, qui menaient au troisième étage. Je me suis penchée pour caresser celui allongé devant ma porte. Il s'est étiré, gris avec des pattes blanches, et a ronronné.

~

Un homme tire sur ma robe, qui n'est même pas la mienne, je l'ai empruntée à une fille plus âgée que moi, il essaie de la retirer, il veut me voir nue, dit-il, nous sommes sur la piste de danse, au milieu de la piste de danse. Un autre homme me touche entre les deux jambes et chuchote (en reniflant, en respirant) que je mouille. Je secoue la tête. Il le répète, mais plus fort cette fois-ci, alors que nous sommes assis autour d'une table, et il le dit à l'attention de tout le monde autour de cette table. Elle mouille. Son copain ricane. Elle mouille et elle est prête. *Il se trompe.* Je regarde les gens autour de la table. *Je ne suis pas...* Une autre fille plus âgée que moi se penche au-dessus de la table et chuchote en anglais, mais suffisamment fort pour que tout le monde l'entende : *Ce que tu peux être cruche comme gamine, si tu ne supportes pas qu'on te touche, t'as rien à faire ici.* Je sens un frisson dans mon pubis, *je supporte qu'on me touche*, je ne dois surtout pas pleurer, pas devant les autres, je n'ai pas besoin des larmes pour atteindre ce que je veux, je ne joue pas la comédie. Dedans, il y a des stroboscopes, de la musique, des cris, des rires. Je transpire, j'ai chaud. Dehors – *je prends mon manteau, mon bonnet, je sors* –, il fait nuit ; il neige. Je suis venue avec les autres filles. Je longe un trottoir. Je refais le chemin en sens inverse. Je me suis perdue. C'est-à-dire : se perdre signifie habituellement qu'on a une idée de l'endroit où on va, et puis on se trompe de chemin. Je ne sais ni où je suis ni où je vais. Les filles sont restées à la discothèque. C'est le début de la soirée à New York. Si j'avais de l'argent, je téléphonerais à la maison et parlerais à maman. Si j'avais de l'argent, certes, mais surtout une cabine téléphonique à portée de main. Maman sera dans une colère noire. L'accord entre nous était : Si tu vas à Paris, seule, contre ma volonté, tu dois être dans ta chambre tous les soirs à vingt-deux heures. *J'appellerai pour te souhaiter bonne nuit.* Je vérifie l'heure à ma montre. Il est deux heures du matin. Je visualise ma chambre d'hôtel, je me la représente aussi intensément que possible, comme si je la visualisais pour m'y transporter. Ma valise est sur le lit, un grand lit à baldaquin en bois foncé, des vêtements traînent partout – sur le lit, par terre. Je ne me suis pas changée. Je ne me suis pas douchée non plus. La salle de bains sur le palier était occupée quand j'y suis allée. J'ai ôté à toute vitesse les vêtements de ma valise, je n'ai rien trouvé à me mettre, qu'est-ce qu'on porte à Paris quand on ne sait pas où on va ? J'ai noué la ceinture autour de mon manteau, j'ai enfoncé mon bonnet sur mes oreilles.

Depuis combien de temps suis-je à Paris ? Dix-sept heures. Ça fait dix-sept heures depuis que je suis arrivée à l'aéroport.

Je visualise ma chambre d'hôtel, de nouveau. Et je vois ma chambre comme si j'y étais, chez nous dans la 81e rue Ouest. La maison me manque. Je continue de marcher dans la rue. Deux garçons passent à côté de moi en mobylette. Ils crient quelque chose. Je sursaute. Moi qui ne sursaute jamais.

~

Combien de temps suis-je restée dans la chambre d'hôtel, combien de temps ai-je mis pour retirer tous les vêtements de ma valise ? Pas plus de vingt minutes. C'est Claude qui est venu me chercher à l'aéroport et qui m'a conduite à l'hôtel. Dépêche-toi de prendre ta clé, a-t-il dit, *vite vite vite*, a-t-il dit en français ; il était en nage et transpirait même sous les aisselles alors qu'on était en janvier, il était appuyé contre la voiture, en bras de chemise malgré le vent d'hiver, et nous envoyait d'un revers de main vers la porte de l'hôtel, ma valise et moi. Vite vite, a-t-il redit, et après on va au studio.

~

Selon Michael L. Slepian, il existe trente-huit différentes sortes de secrets. Slepian a voué son existence à l'étude de la dissimulation des secrets et à ce que celle-ci nous fait. Son projet de recherche s'est développé graduellement. Il travaillait initialement sur les métaphores, du moins jusqu'à ce que les métaphores autour de la dissimulation des secrets commencent à le captiver : je suis *hanté par* un secret ; je *porte un lourd* secret ; je *recèle* un secret. Un secret, affirme-t-il, n'est pas tant relatif à la rétention d'une information dans des situations concrètes. Retenir un secret n'est qu'une infime partie de ce mécanisme. Le secret existe et *agit* en nous bien que nous ne nous trouvions pas dans une situation où nous devons l'affronter activement, en choisissant notamment de nous taire ou de mentir, de couvrir une réalité ou de détourner l'attention. « La dissimulation du secret, écrit Slepian, commence par une intention. » Par une décision. Et cette intention s'instaure dans un tout autre lieu et à un tout autre moment que dans l'instant et dans les situations auxquelles nous sommes confrontés et dans lesquelles nous retenons activement ce que nous savons. Dès que surgit l'intention de garder un secret, ce dernier commence à agir en nous. Sous la forme d'une inquiétude, d'une solitude, d'une mélancolie.

Ceci est notre secret.

Oui.

Ce que nous faisons quand nous sommes seuls tous les deux dans cette pièce ne regarde que nous et personne d'autre.

Je comprends.

Tu ne dois le dire à personne.

Je ne le dirai à personne.

Si Slepian a raison en affirmant qu'un secret jaillit sous la forme d'une intention, je me demande depuis longtemps quand a jailli le secret que A et moi partageons (dans l'ascenseur à New York, dans le studio, dans l'appartement) et comment il a agi en nous. Est-ce que, par exemple, il a agi en lui bien que je n'existe plus pour lui ? Pas en tant que nom, pas en tant qu'image, pas en tant que corps, pas en tant que visage, pas en tant que regard, pas en tant que goût, pas en tant qu'odeur, pas en tant que mot, pas en tant que pleurs – *je veux rentrer, je veux rentrer à la maison, je ne veux pas rester ici.* Si A ne se souvient pas de moi – la jeune fille de seize ans venue chez lui en pleine nuit –, tout ce qui s'est passé entre nous (et que j'ai promis de ne pas divulguer) doit-il être compris comme étant notre secret ? Ou n'est-ce que le mien ?

~

Sans la notion de l'heure et en proie au décalage horaire le premier après-midi, avec mon bonnet rouge et mon manteau bleu, dans le grand studio photo sans fenêtres, pareil à un bunker éclairé. A photographie une fille vêtue d'une robe longue en soie bleue. Sans manches. Elle fait un geste avec ses longs bras fins, comme une danseuse classique, un mouvement gracieux de défense, *ne t'approche pas trop près de moi.* Elle est plus jeune que moi. A lui parle en français. J'apprends plus tard qu'elle n'est pas de Paris mais de Montréal, *on l'a fait venir en avion* de là-bas jusqu'ici pour faire plusieurs shootings. Est-ce que moi aussi *on m'a fait venir en avion* jusqu'à Paris ? Elle a treize ans et vit avec des filles plus âgées qui prennent soin d'elle. J'habite à l'hôtel. Dont je ne me souviens plus du nom. Claude a roulé pied au plancher de l'aéroport jusqu'à l'hôtel puis de l'hôtel jusqu'au studio photo. Des maquilleurs, des coiffeurs, des rédactrices, des assistantes. Le studio de A ressemble à celui qu'il possède à New York, dont je connais l'emplacement, qu'on peut rejoindre à pied et qui ne se trouve pas très loin de notre appartement à maman et à moi. Claude salue tout le monde, mais file d'abord rejoindre A à qui il ouvre les bras. A lui rend son accolade, puis ils se donnent une tape dans le dos et parlent en français. Un jour, Claude m'a serrée dans ses bras lui aussi – lorsque nous étions encore à New York. Mais il ne m'a pas donné une tape amicale dans le dos, il m'a caressé les seins (ou juste à côté des seins), la taille et les fesses. Il regarde la fille en robe bleue et lui sourit.

Personne ne m'adresse la parole. Je suis toujours dans l'embrasure de la porte, en équilibre sur un seuil surélevé, à moitié cachée derrière une porte massive et lourde. Regardant tous ces gens qui savent très exactement comment se déplacer à l'intérieur du studio, je me demande ce que je suis censée faire de moi.

Claude rejoint une grande table rectangulaire où le petit déjeuner est mis à disposition, croissants, café, fruits, confiture, et pioche ça et là. Il s'allume une cigarette.

J'hésite un instant, finis par traverser l'espace sur un plancher usé, je me cogne dans un homme avec un peigne à la main qui me fusille d'un regard accablé, *mais fais gaffe, bon sang*, je baisse les yeux, continue jusqu'à l'endroit où A se tient avec son appareil photo. Il n'a pas beaucoup de matériel. Un éclairage tout simple. Il ne veut pas que les filles soient trop maquillées. C'est son secret. *Le naturel.* Quand il ne travaille pas comme maintenant, il se sert de son Leica. Et mitraille tout ce qui bouge.

Je m'immobilise à côté de lui.

Il ne se retourne pas.

Je suis là, dis-je, en rajustant mon bonnet rouge.

Ma voix a une tonalité étrange, à croire que je ne l'ai pas utilisée depuis longtemps. A relève les yeux de son appareil. Il rit.

Je vois ça, dit-il.

Mon avion s'est posé il y a quelques heures. Claude est venu me chercher à l'aéroport.

Parfait.

Je jette un regard circulaire dans le studio.

Tu me prends en photo aujourd'hui ?

Non, je ne crois pas… Pas aujourd'hui, peut-être demain. On verra.

OK.

Tu n'as qu'à te trouver un endroit où t'asseoir.

OK.

La fille en robe bleue mâche un chewing-gum et, en l'espace des brèves minutes où A et moi avons échangé quelques mots, elle s'est façonné une mine désireuse d'exprimer qu'elle s'ennuie à mort. Son leurre ne prend pas avec moi. Le secret consiste à quitter son propre regard, ce que l'on réalise en se divisant. En étant à la fois soi-même et une autre. En confiant à celle que nul ne peut voir – une revenante, une sœur invisible – ce que contient ce regard : la peur, la maladresse, le désir, la colère (dont nos mères nous ont toujours averties de nous garder), l'espoir, le chagrin, la puérilité, le cri. Tout ceci, on s'en délivre et on le livre à l'autre, on s'en décharge sur elle, on se vide totalement. Quand A reprend son appareil, la fille en robe bleue se dépêche de recracher son chewing-gum dans sa main. Elle le roule entre son pouce et son index en une boule qu'elle colle au Rubik's Cube avec lequel elle jouait pendant que A et moi parlions. Elle le pose ensuite sur une table haute devant le tabouret. Je remarque au passage qu'elle l'a quasiment résolu. Elle se tourne vers A et lui donne toute son attention.

Très belle, dit A.

Je vais à la table du petit déjeuner car je sens maintenant seulement à quel point j'ai faim. Et à quel point j'ai chaud. Le bonnet me gratte. Je prends un peu de tout. Mon ventre grogne. Je parcours du regard l'espace très encombré. Où est-ce que je vais me mettre ? Quand j'étais petite, et quand nous nous étions fait la promesse de ne jamais nous quitter, je me sentais moins seule dès lors que tu étais près de moi, même si je savais pertinemment que tu n'étais pas réelle. Aujourd'hui c'est différent. Je ne suis pas moins, mais bien plus seule avec toi à proximité. Peut-être parce que tu mélanges ton irréalité avec un flux régulier de consignes et d'invectives : *enlève ton manteau, garde-le, enlève ton manteau, garde-le*. Il n'en demeure pas moins : qu'est-ce que je vais faire ? Avisant un canapé en cuir le long d'un mur au fond du studio, je m'y assieds après avoir poussé des vêtements. Une femme accourt vers moi et hurle une phrase en français. Elle agite les bras. Ne comprenant pas ce qu'elle me dit, pensant qu'elle veut que je lui donne une pièce de vêtement, je pose délicatement mon assiette sur le canapé et lèche mes doigts couverts de confiture de fraises. *Non, non, non*, crie-t-elle.

A se retourne et me regarde. Il lève les yeux au ciel.

Elle veut que tu saches que tu dois aller t'asseoir ailleurs, crie-t-il, à cause des vêtements. Tu ne dois pas t'asseoir sur les vêtements et tu ne dois pas tout dégueulasser.

Je n'étais pas assise… Je n'ai pas dégueulassé…

A s'est déjà retourné.

Je me lève, munie de mon assiette, je présente mes excuses, en français, à la femme : *je suis désolée, je suis désolée*. M'excuser est l'une des rares choses dont je me souviens de mes cours de français. La femme lève les yeux au ciel. A dans un premier temps, elle ensuite. Ils n'apprennent pas, en France, qu'on ne lève pas les yeux au ciel quand on a ses quatorze révolus ? Je me demande si je dois manger tout ce que j'ai dans mon assiette, croissant, pain de mie, melon, chocolat, confiture, une banane un peu trop mûre, et auquel cas où je dois m'installer, ou bien si je dois m'installer quelque part sans bloquer le passage et manger *vite vite vite* pour me débarrasser ensuite de cette assiette en carton, blanche, légère, qui bouge dans tous les sens.

Je peux aussi trouver une poubelle et y jeter le contenu de mon assiette, enlever mon bonnet et conquérir cet espace une fois pour toutes ; mais j'ai trop faim, je ne peux pas, il faut que je mange, il faut que je me trouve un petit coin pour manger.

~

Il est dix-sept heures.
J'ai encore faim
et
j'ai le vertige
et
j'ai sommeil.

Je suis dans la voiture de Claude, cette fois sur la banquette arrière. A occupe le siège passager à côté de lui.

Ils parlent en français.

Claude s'arrête devant un immeuble. Le chiffre 4 figure au-dessus de la porte d'entrée.

A dit au revoir à Claude et saute de la voiture.

Claude se retourne vers moi et fait un brusque mouvement de tête en direction de la portière, comme pour dire *dégage.*

Mais… je ne vais pas à mon hôtel ?

C'est plus simple de te laisser ici, dit Claude.

Certes, mais j'ai toutes mes affaires à l'hôtel.

Il dit : Ici. Tu descends ici.

~

A ouvre la porte cochère, je lui emboîte le pas dans l'escalier. Il habite au deuxième étage. Il ne se retourne pas pour vérifier si je le suis, il me demande de l'excuser pour cette cage d'escalier plongée dans l'obscurité. D'habitude les lumières s'allument toutes seules, dit-il, mais il y a un problème électrique, ça fait plusieurs jours qu'on est dans le noir. Quand nous entrons dans son appartement, il allume la lumière puis il s'allume un joint, fait un grand geste de la main comme pour dire : fais comme chez toi, ou : assieds-toi, ou : c'est donc ici que j'habite. Je retire mon manteau bleu que je rabats et pose sur la table ronde. Je place mon bonnet par-dessus. Je plie tout très soigneusement comme s'il s'agissait de vêtements propres que je viens de décrocher de la corde à linge. Je m'assieds sur un fauteuil en osier près de la fenêtre. Nous restons dans l'appartement quelques heures. Bien plus tard, à deux heures et demie du matin, j'y serai de nouveau. Mais je ne le sais pas encore.

Et je me demande aujourd'hui, tout en écrivant ces lignes, si A le savait. S'il savait que la fille reviendrait. Je me demande aujourd'hui si A avait manigancé un coup pour cette fille dès l'instant où il l'a vue dans l'ascenseur à New York. Je m'interroge parce que l'écrivaine de cinquante-cinq ans que je suis aujourd'hui en sait nettement plus que la jeune fille de seize ans sur ce que cela implique de planifier quelque chose et de penser aux conséquences : *si je le fais, elle le fera.*

A arpente la pièce de long en large. Il fume. Il ne peut pas fumer assis. J'ignore pourquoi. Je lui demande s'il peut m'accompagner à mon hôtel. J'entends nos voix de très très loin. Il secoue la tête. *Non.* On va bientôt à un dîner. Tu dois être présente. Il y aura des gens importants. C'est dans ton intérêt d'être vue. Et quand tu salueras Z – laisse-le te regarder, OK ?

Certes, mais j'ai faim *maintenant.* Je fais tout pour ne pas pleurer.

Il se fige brusquement, tire sur son joint. Il me regarde. Bon, tu vas arrêter de nous faire chier, là. *J'ai faim, j'ai soif, emmène-moi ici, emmène-moi là.* T'en veux ? Il me tend son joint. Quant à savoir combien il en a roulés, j'en ai perdu le compte. Peut-être que tu te calmeras après ça. Je secoue la tête. Tu préfères boire quelque chose ? Il prend deux verres et une bouteille de gin. Oui, je veux bien. Il ouvre la bouteille, remplit les verres, repose la bouteille sur la table. Puis, calmement, il s'accroupit devant moi. Il enlace mes jambes, pose la tête sur mes genoux. Tu es si belle, dit-il, et tu n'as presque pas de maquillage. *Je suis content que tu sois là.* Il relève la tête, capte mon regard. *Vraiment.* On va faire des images merveilleuses tous les deux, dit-il. D'abord demain – il indique le nom du magazine qui lui a commandé les photos –, et puis, au cours de la semaine, pour le *Vogue* français. Ni plus ni moins. Je suis prise d'un vertige. Du gin sur un estomac vide. Sous l'effet du décalage horaire. Je regarde ma montre, il n'est que midi à New York, là où est maman. Je me demande ce que A dirait si je vomissais.

Il se lève, reprend ses allées et venues.

J'ai besoin que tu ne te comportes plus comme une gamine, dit-il.

Tu connais le nom de mon hôtel ?

Mais bordel, j'en sais rien, moi !

Il se dirige vers le mur qui héberge sa bibliothèque, ouvre un livre, en ouvre un second, en arrache une page.

Tiens, dit-il.

Il pose la page arrachée sur la table devant moi. Il sort un stylo de la poche de sa veste et le pose lui aussi sur la table.

Tiens, répète-t-il, tu vas noter mon adresse et mon numéro de téléphone, comme ça tu les auras, dans le cas où on se perdrait de vue, OK ?

OK.

~

Au printemps 2016, mon traducteur et moi travaillions à l'édition anglaise d'un de mes romans. Dans ce contexte, j'ai été frappée par une dépression radicalement différente des précédentes, plus étrangère, et qui de surcroît m'apparaissait plus dangereuse. Elle a desserré son emprise au bout de quelques mois et j'ai pu à nouveau me lever tôt, boire mon café, manger des tartines avec du beurre et du fromage, partir en promenade avec le chien, revenir à ma famille. Seulement, au cours de l'automne 2019, il est revenu, le même esprit obscur – c'était peut-être toi. Car à peu près à la même période, lorsque cette dépression nouvelle est arrivée pour la deuxième fois, tu as surgi sous un orme dans le Torshovparken. Je ne voulais pas mourir, mais tout avait trait à la mort. Tu as dit : *Plus rien n'est quotidien.* Tout n'est que rayons de soleil lancinants et ténèbres impitoyables. Dieu n'existe pas. La Terre n'existe pas.

Tes enfants et ton mari existent, mais de l'autre côté d'un mur invisible, glacé quand tu le touches du bout des doigts, un mur que tu es seule à voir et contre lequel tu te jettes encore et encore.

Tes enfants, ta famille, les dîners, les matins de bonne heure et les fins d'après-midi, *qu'est-ce qui s'est passé aujourd'hui ? tu vas voir, écoute bien*, les devoirs, le snack du soir, allumer les bougies, éteindre les bougies. Tout ça. Mais derrière le mur. La crainte te rend absente et stricte, tu as peur de tout.

Tu pleures beaucoup, et à heures fixes : à huit heures trente le matin, à seize heures et à vingt-deux heures. Dès l'instant où tes calculs te permettent de déterminer un système bien réglé, tes moments de larmes changent. Le désespoir se cale sur de nouveaux horaires.

Comme lors de ta grossesse : les nausées et les vertiges montaient à des heures fixes qui se modifiaient.

Je m'assieds à mon bureau, tous les jours, et j'essaie de traduire, surtout de la poésie, notamment celle de Jane Kenyon sur la mélancolie, des poèmes et de la prose écrits par d'autres, surtout des femmes, des femmes qui écrivaient, qui écrivent, qui sont passées par là avant moi. Cette fois, la dépression ne se dissipe pas.

Je ne te quitterai jamais.

Et toutefois, parfois, des pauses qui font l'effet d'une bénédiction – pareilles au courant d'air brusque et frais qui entrait en profitant d'une fenêtre ouverte lorsque toi et moi gardions le lit, dans notre enfance, que nous avions de la fièvre, que notre mère venait secouer la couette et aérer la chambre. Mais chaque fois que je pense, *tiens, ça va mieux*, la voix d'Eva dans la pièce d'à côté, le souffle humide du chien contre ma joue, tu déboules en trombe comme si tu subodorais du sang.

~

Certains ont estimé pour le moins hasardeux l'intitulé *roman* pour qualifier mon livre précédent, dans la mesure où il se fondait sur des faits réels. Je n'en sais rien. Quand je l'ai écrit, je me suis surtout attachée à l'ordre dans lequel je devais placer les événements, tant ceux dont je me souvenais que ceux que j'avais oubliés et devais par conséquent imaginer. Et c'est cet ordre-là qui m'occupe tout autant actuellement.

Quand j'étais petite, je t'appelais Ylva-li, comme dans le livre d'Astrid Lindgren. Tu te souviens du rosier, du royaume de la mort, du lac, des chevaux et de la forêt ?

J'ai fini par terminer la traduction, mais je n'ai pas commencé l'écriture du nouveau livre, même si j'ai menti en affirmant que j'avais bien avancé.

Tu as surgi sous l'orme et tu as insisté pour que nous marchions côte à côte. Autrefois tu t'appelais Ylva-li, aujourd'hui j'ignore comment tu t'appelles.

~

Il y a quelques années, j'ai reçu un texto d'un journaliste : *Bonjour* 😊 *J'aimerais beaucoup m'entretenir avec vous sur ce qui relève de la vérité et ce qui tient de la fiction dans votre dernier livre. Auriez-vous trois minutes à me consacrer ?*

Je suis restée pendue à la mauvaise extrémité de la question en méditant sur les fameuses trois minutes.

Qu'est-ce que je devais répondre ? Compter tous les arbres du Torshovparken prend plus de trois minutes et faire le tour de la tête de poupée en bronze dans le Torshovdalen moins de trois, mais il faut trois minutes pile (si l'on veille à ne marcher ni trop rapidement ni trop lentement) pour aller d'un parc à l'autre. La sculpture en bronze mesure sept mètres de haut et a été modelée à partir d'une tête de poupée que Marianne Heske, l'artiste, a achetée dans un marché aux puces à Paris en 1971, soit douze ans avant que je ne me fasse photographier. Il m'a fallu trois minutes (grosso modo) pour me déshabiller et m'allonger à côté de A, sentir sa queue enfler contre ma cuisse dénudée et comprendre ensuite, de tout mon être, qu'il ne s'agissait pas simplement de se relever du lit, de se rhabiller et de s'en aller. Pas maintenant, trop de temps s'était écoulé.

Assise sur l'appui de la fenêtre, tu es à la fois réelle et irréelle. Tu exiges un corps. Tu exiges une bouche. Tu exiges des souvenirs. Tu exiges de moi d'être exacte.

Automne 2019. Tu es venue en septembre. Comment on dit d'habitude, déjà ? Tu es venue *de nulle part*. Il n'y avait pas que mon nouveau livre qui était hasardeux, mais aussi celui que j'affirmais écrire et qu'en fait je n'écrivais pas. Tout ce mensonge autour de l'écriture. Je ne savais pas, pendant mon adolescence, qu'il y en aurait autant. Cet automne-là, j'ai eu des règles non seulement abondantes mais irrégulières, comme quand j'étais jeune fille. (Après les journées passées à Paris avec A, je n'ai pas eu mes règles pendant plus d'un an.) Je passais mes nuits à me défaire d'une nuisette détrempée après l'autre. Les températures ne coïncidaient plus. Il faisait soit trop chaud, soit trop froid, soit les deux à la fois. Mon corps était méconnaissable. Mon cerveau aussi. Le mot *sang-froid* est défini en tant qu'« aptitude à garder, en toutes circonstances, présence d'esprit et maîtrise de soi ; cette même possession de soi-même ». Je redoutais d'avoir perdu toutes ces qualités. C'est-à-dire : d'avoir perdu mon sang-froid. Telle saison se substituait à telle autre. Hiver 2019, hiver 2020. La banquise fondait. Eva m'envoyait des vidéos YouTube d'un morse en pleine chute. Il s'était réfugié au sommet d'une falaise aux côtés d'une centaine d'autres morses. Quand leur espace est devenu trop étroit, incapable de sauver sa peau, il a perdu pied et est tombé dans le vide.

~

La fille fuse à travers moi.

Mais que faire de moi et où aller ? Si je vais chez lui, c'est parce que je ne retrouve pas mon hôtel. Je ne me souviens ni de son nom ni de son emplacement. La seule adresse dont je me souvienne, pour l'avoir notée, n'est autre que celle de A.

~

La fille que j'étais, celle qui a été baptisée Karin, se tourne pour me regarder. Ses yeux sont bleus. Elle est seule à un coin de rue, elle tient un bout de papier. Une adresse figure dessus. Soit je continue d'errer dans les rues et de chercher un hôtel dont je ne connais pas le nom, soit je demande à la première personne que je croise (un homme, comme cela va se révéler, qui propose de m'accompagner) de m'aider à trouver l'adresse que j'ai malgré tout. Que j'ai *notée*. Elle agite son bout de papier.

Mais qu'est-ce que je vais faire ?

Maman a passé des tas de coups de fil. Elle a réveillé la gérante de l'hôtel qui à grand-peine a gravi les marches de l'escalier jusqu'à ma chambre et a toqué à la porte.

Je suis désolée, madame, elle n'est pas là, je ne l'ai pas revue depuis ce matin quand elle a pris ses quartiers.

En écrivant ce qui m'est arrivé, en racontant l'histoire de la manière la plus véridique possible, je m'efforce de les rassembler dans un seul corps : la femme de 2021 et la fille de 1983. Je ne sais pas si c'est possible.

~

Je vais à la salle de bains. Je me nettoie la figure à l'eau chaude. Je m'assieds par terre, sur le sol également bleu. Pas le bleu du manteau, pas le bleu de la méduse, mais le bleu du service à thé blanc et bleu de maman. Je penche la tête entre mes genoux. Mon manteau me gratte. Par principe, on ne porte pas un manteau épais en intérieur, ou du moins pas longtemps à la fois. C'est ce que m'a dit le vendeur de chez Bloomingdale's il y a quelques semaines. *On le met, on voit s'il nous va, puis on l'enlève.* Je l'avais gardé sur moi et avais arpenté le rayon *vestes et manteaux pour femmes* en passant de glace en glace, jusqu'à ce que j'aie soudain très chaud et que je tombe dans les pommes. Ou presque dans les pommes. Je vais tomber, ai-je dit. Quand je sors de la salle de bains, A s'est étendu dans son lit, il est nu. Je me déshabille à mon tour, il ne me demande pas de le faire mais je comprends que je dois le faire, d'abord le manteau et ensuite le reste ; je sens le vent froid qui s'infiltre par la fenêtre ouverte et la chaleur de son corps au moment où je m'allonge sous la couette à côté de lui. Il n'a, en fait de lit, qu'un matelas posé à même le sol. Les draps sont blancs. Il n'y a pas de rideaux aux fenêtres. Dehors, la neige s'est mise à tomber. Sa peau est vieille, comme un morceau de couenne brûlée par le soleil. Je ne suis pas vierge, mais je n'ai jamais senti une peau pareille.

II

ROUGE

« J'avais une terreur – depuis septembre –, écrit Emily Dickinson dans une lettre au printemps 1862, que je ne pouvais dire à personne et donc je chante, comme le Garçon près du cimetière – parce que j'ai peur. »

Je n'arrive pas à écrire, je n'arrive même pas à traduire le mot anglais *terror* : je ne trouve pas d'équivalent qui corresponde en norvégien à ce qu'Emily Dickinson voulait dire à l'époque.

Pourquoi ?

Tu es assise sur mon épaule, tu as revêtu la silhouette d'un oiseau rouge et tu me donnes des coups de bec dans l'oreille.

Parce que quel que soit le mot que je choisisse en norvégien, il aura une signification autre que celle que je souhaite.

Pic pic pic, font tes coups de bec.

Toi aussi tu es venue en septembre. *Toi toi toi.*

Et c'est là, à l'automne 2019, que tu as surgi sous l'orme. D'abord sous la forme d'une lumière beaucoup trop forte. J'avais toutes les peines du monde à écrire – écrire le nouveau livre que j'affirmais écrire mais n'écrivais pas, écrire des messages, écrire des listes de courses –, j'avais toutes les peines du monde à mener une existence réduite (ou peut-être plutôt oxydée) à un chaos, à des moignons de vérité et à des approximations. Les amitiés partaient à vau-l'eau et finissaient perdues, je ne répondais pas aux lettres, aux courriels, aux SMS. Je n'arrivais pas à me réconcilier avec mes proches, je ne disais pas la vérité à propos des choses importantes – ou du moins ce que j'imaginais être des choses importantes. Je n'y pensais pas à ce moment-là, mais ne pas dire la vérité à propos des choses importantes était en passe de devenir une dissonance généralisée dans ma vie.

Je me recouchais tous les matins, en secret, après que mon mari était parti au travail et Eva au lycée. Le sommeil était plus accommodant de jour que de nuit. Je secouais les couettes, tendais les draps, rangeais la table de nuit, ouvrais la fenêtre en grand, tirais les rideaux. L'air et la lumière devaient s'engouffrer là où j'étais couchée dans les draps blancs – sans oublier les bruits qui évoquaient une ville éveillée.

Puis vint le jour où le sommeil disparut. Nuit après nuit après nuit je maintenais mon mari éveillé, jusqu'à ce que l'assoupissement ait définitivement raison de lui mais pas de moi. Je me réfugiais dans le canapé. Quand venaient les tremblements, le chien se couchait soit le long de moi (bien qu'il n'y ait en fait pas de place pour deux côte à côte), soit à mes pieds. Le museau tacheté de gris n'arrêtait pas, gros, lourd, vivant, comme le fracas assourdi des machines dans un atelier d'usine ouvert la nuit. Inspiration, expiration. Inspiration, expiration. Je chantais pour mes enfants quand ils étaient petits. Je chantais pour mon père quand il était à l'article de la mort. Je réessayais, à présent, à voix basse, en cadence avec le souffle du chien, de chanter – seulement voilà : on ne peut pas chanter pour s'endormir soi-même.

Les couverts étaient en désordre depuis beaucoup trop longtemps dans le tiroir du haut. Ça ne me plaisait pas du tout. Ça avait quelque chose de négligent. Pas seulement les couverts, mais tout. J'ai rangé le tiroir. J'avais désormais un semblant d'ordre. Les fourchettes avec les fourchettes, les couteaux avec les couteaux, les cuillères avec les cuillères. Et ce sont elles qui avaient ma préférence. J'aimais leur grosse tête ovale.

Je discutais trop longtemps, trop vite, trop fort avec les gens que je ne connaissais pas, je dépensais de l'argent que je n'avais pas. Personne ne remarquait rien, je crois. Ou si c'était le cas, ils ne m'en parlaient pas.

Si je tape le nom de A suivi du mien dans le moteur de recherche, je n'obtiens aucun résultat.

Et je perdais du poids. Je me demandais si c'était parce que j'allais mourir maintenant, avant que le livre ne soit terminé, voire vraiment commencé. *Peut-être vaudrait-il mieux, pour votre bien, que vous n'écriviez pas en ce moment où vous allez si mal*, m'a dit ma psychologue, la première, une femme dans la cinquantaine. J'ai pensé à toutes les femmes enfermées, aliénées, déprimées, effrayées au fil des siècles à qui on a prescrit une cure de non-expression, de non-écriture, de non-divulgation-de-la-fureur-et-du-désespoir.

Janet Frame : « "Pour son bien", voilà le genre d'argument qui finit par persuader l'homme d'accepter sa propre destruction. »

C'était en septembre 2019 et les Bahamas venaient d'être touchées par l'ouragan Dorian. Soixante-treize personnes ont perdu la vie. Quelques jours seulement après que plusieurs dizaines de cueilleurs de pignons de pin ont été tués par des drones dans la province du

Nangarhar en Afghanistan, quarante personnes participant à un mariage l'ont été à leur tour dans le Helmand à la suite d'une attaque menée par les forces afghanes, conjointement avec les Américains. La jeunesse du monde entier faisait la grève pour la protection de l'environnement. Eva aussi. Elle m'envoyait des fichiers audio des clameurs devant le Parlement.

Je suis installée à la table blanche de la cuisine, avec vue sur le Torshovparken, et je regarde les vieilles photographies d'une jeune fille de quinze ans ayant revêtu le costume traditionnel norvégien de sa région d'origine. Elle se tient à côté de sa mère, elle aussi en costume traditionnel. Sur les photos, la mère et la fille sont entourées de membres de la famille venus de la Norvège et du Canada jusqu'à New York pour ce jour de fête. Son visage est marqué par un voile de tristesse que je n'avais jamais repéré avant.

Un an et demi avant que je ne rencontre A dans l'ascenseur du Carnegie Hall, nous fêtons ma confirmation dans l'église norvégienne des gens de mer de Brooklyn.

Nous sommes le 24 mai 1981. Je sais que la fille sur la photo, celle qui porte le même nom que moi et a été baptisée Karin, a fini dans un état second la veille de sa confirmation. Je sais qu'elle ne se souvient de rien de ce qui s'est passé pendant cette soirée d'ivresse. Je sais qu'à cette époque elle éprouve une fascination, ou plutôt une inquiétude, face au risque que de grands laps de temps soient effacés de sa conscience. Je sais qu'elle espère que sa mère ne remarquera pas les relents d'alcool et de vomi que dégage son haleine, en dépit des brossages de dents, des bains de bouche et des chewing-gums. Elle sent également des cheveux, de l'extrémité des doigts, des aisselles. Elle a beau se laver autant qu'elle veut, l'odeur refuse de partir.

Ils ont dû passer à table juste après que les photos ont été prises dans l'appartement du treizième étage. La fille tournait le dos aux fenêtres et à la vue plongeante sur le parc, sur le Musée d'histoire naturelle. La mère avait composé une chanson, écrite ensuite à la main et copiée pour que tout le monde puisse chanter en chœur. Au menu, du jambon en gelée avec des légumes. La fille n'a pas touché à son assiette. La mélodie se basait sur la chanson pour enfants *Notre bout de chou a les yeux bleus* et l'un des couplets était le suivant :

C'est donc aujourd'hui
Le grand saut que tu attends
Plus jamais parmi les petits
Et bientôt adulte dans la vie
Où libre sera ton champ !

Deux adolescents font leur confirmation en ce jour de mai à l'église de Brooklyn : la fille et un garçon. Il semblait terrorisé. Je m'en souviens. Et jeune. À côté de lui, j'avais l'impression d'être nettement plus âgée. La préparation à la confirmation consistait en une demi-heure de catéchisme dans le bureau du pasteur, toutes les deux semaines après le culte. Je crois qu'il nous oubliait, ses deux confirmands, entre chaque séance. *A posteriori*, j'ai songé que je ne lui avais jamais rien dit sur ses prédications. J'ai été à plusieurs reprises frappée de constater que j'aurais dû le faire, peut-être croyait-il que je m'en fichais, ce qui est vrai, mais je ne savais pas quoi dire : j'avais souvent la gueule de bois quand j'y allais et j'avais des difficultés à dire quoi que ce soit.

Le dimanche toutes les deux semaines, un chauffeur engagé pour l'occasion m'emmenait à Brooklyn. Il avait pour mission : Conduisez la fille à l'église, attendez-la pendant qu'elle assiste au culte puis à la préparation à la confirmation, ramenez-la à la maison.

C'était chaque fois le même chauffeur. Mince, blond, de petites mains. Il m'a dit que je pouvais me mettre devant. Il m'a dit qu'il aimait ma minijupe rouge, que je ressemblais à Twiggy. Je la connaissais, Twiggy ? Je suis allée à la salle de documentation pour demander à la bibliothécaire si elle pouvait m'aider à trouver des photos de Twiggy. Telle qu'elle était non pas aujourd'hui, en 1981, mais dans les années 1960, dans sa jeunesse. La raison de son surnom Twiggy, m'a expliqué la bibliothécaire, tenait à son apparence : elle était aussi menue qu'une brindille – *twig*, en anglais. Compris ? Elle est revenue devant le comptoir, a posé un livre et des magazines sur le plateau. Aussi menue qu'une brindille, comme toi, quoi. Le voyage en voiture depuis la 81e rue Ouest à Manhattan jusqu'au numéro 33 de la rue 1st Place à Brooklyn durait une demi-heure. Le chauffeur avait pour habitude de me caresser l'entrecuisse. Il roulait d'une main et me caressait de l'autre. Je fixais un point droit devant moi, je ne l'arrêtais pas dans son geste, j'essayais juste de ne pas regarder sa main, ni ce qu'elle faisait ni où elle était sur moi, il l'avait si fine qu'elle rappelait celle d'un enfant. Au bout d'un certain temps nous n'avons plus parlé, mais il a continué à me toucher. Il ne me disait plus que je ressemblais à Twiggy, même lorsque je me suis coupé les cheveux et que j'ai fini par avoir un vague air de ressemblance avec elle. La préparation à la confirmation avait commencé en janvier, les cerisiers étaient à présent en fleur à Central Park. À l'issue de maints et maints trajets silencieux vers Brooklyn et retour, où il se passait toujours la même chose, il a finalement ouvert la bouche pour dire quelque chose. On était en avril ou début mai. Il ne nous en restait plus beaucoup, de ces trajets. Il a dit que la prochaine fois qu'il viendrait me chercher, il espérait que j'ôterais mes collants noirs. Il a dit : C'est mieux sans. Il a dit : Ça mouille plus.

Le pasteur nous a rappelé que nous assistions à une *préparation* à la confirmation. Étions-nous en mesure d'expliquer pourquoi on utilisait ce mot ? Qu'y avait-il dans le verbe *se préparer* et a fortiori dans *être prêt* ? Le garçon a baissé la tête, j'ai secoué la mienne en signe d'ignorance. Le pasteur a soulevé la bible noire de son bureau et a commencé sa lecture à haute voix : « Celles qui étaient prêtes entrèrent avec lui dans la salle des noces, et la porte fut fermée. Plus tard, les autres vierges vinrent (les folles, les mauvaises), et dirent : “Seigneur, Seigneur, ouvre-nous.” Mais il répondit : “Je vous le dis en vérité, je ne vous connais pas.” »

Le quatrième couplet de la chanson de confirmation entonnée par maman se composait des vers suivants :

Les quatre conseils que je te transmets :
N'aie pas peur de toi et ris !
Et offre ta chaleur
Et oublie ta rancœur
Et vis pour la paix.

Ce qui subsiste dans mon corps, tels des reliquats de souvenirs, c'est le mal de tête, le grognement permanent de mon estomac, comme si moi, la confirmande, j'avais faim, mais une faim dénuée d'appétit. Le 24 mai 1981 à New York est une journée chaude et ensoleillée (une information que je trouve en ligne), il fait presque vingt-cinq degrés. Mon costume traditionnel est trop lourd et beaucoup trop chaud – comme un déguisement singulier – sous le dais vert de la 81e rue Ouest. Elle a quinze ans et la gueule de bois. Alors peut-être est-ce l'alcool qui rend son visage si triste. Ou peut-être est-ce autre chose. Je l'ignore. Une part du problème que j'ai à écrire ce livre se niche dans l'idée de la causalité. Par exemple : que la fille arbore cet air chagriné le jour de sa confirmation, cela s'explique-t-il par la cuite monumentale qu'elle s'est prise la veille au soir ou par le fait qu'elle n'a jamais rien dit au cours de ces déplacements en voiture vers Brooklyn et retour ? *Oublie ta rancœur et vis pour la paix.* Qu'elle soit tétanisée par l'angoisse en cet automne 2019, cela est-il dû à des événements qui se sont déroulés à partir du printemps 1981 jusqu'à l'hiver 1983 ou plus longtemps avant, voire plus longtemps après ? Est-ce que l'angoisse va relâcher son étau si je trouve l'origine de cette même angoisse ? Est-ce que tu vas t'étioler et me laisser tranquille ? Est-ce que je le veux – que tu disparaisses ? Je tire une ligne prudente entre la fille que j'étais et la femme que je suis devenue, et leur seul point commun est une éclaboussure de peinture blanche là où le visage devrait être. La chemise amidonnée sous le costume traditionnel est détrempée de sueur. La broche n'est pas bien fixée au col. Chaque fois qu'elle se détache, elle lui pique la gorge.

L'endroit du corps où l'aiguille de la broche piquait. La poétesse Alice Oswald en parle dans *Memorial*, un cycle poétique qui est aussi un lamento sur chacun des guerriers tombés dans *L'Iliade* : « Mais une lance a repéré la petite tache blanche / Entre sa clavicule et sa gorge / À l'endroit exact où loge l'âme d'un homme… » Une psychologue que je surnommerai Irene relève les yeux de ses notes et déclare qu'elle ne croit pas que je suis déprimée. Elle ne croit pas que je suis angoissée.

Elle dit : C'est plutôt une question de fureur. Vous êtes furieuse et vous ne le montrez pas. Vous gardez vos émotions pour vous.

Je dis : Ce n'est pas vrai. Je montre mes sentiments et je suis tout le temps furieuse. C'est un problème. Je perds mon sang-froid et dis des choses que je ne devrais pas dire.

Certes, mais je ne fais pas allusion à *cette* fureur, dit Irene en feuilletant son bloc-notes, je fais allusion à l'*autre* fureur.

L'autre fureur ?

Exactement.

Quelle autre fureur ?

Celle que vous ne parvenez pas à exprimer.

Les autres endroits du corps doux et vulnérables : les yeux ; la partie inférieure du ventre ; un point minuscule juste au-dessous de la poitrine.

Il y a quelques années, j'ai regardé un documentaire à la télé. La caméra zoomait sur des dessins étranges qui ressemblaient à des pyrogravures dans une paroi rocheuse, autant de taches rouges qui rappelaient des empreintes de mains. Les dessins se sont révélés être des traces laissées par un oiseau préhistorique. J'ai sous le sein une cicatrice consécutive à une brûlure qui ressemble trait pour trait à ces traces dans la roche. Elle provient d'une journée beaucoup trop longue sous le soleil. Les taches, les traces, les dessins, les empreintes vont et viennent, parfois ils disparaissent entièrement et je les oublie, il leur arrive même de disparaître plusieurs années d'affilée ; mais soudain ils reviennent, comme pour me rappeler que c'est ma peau, mon sein, que mon corps n'oublie rien que moi j'oublie.

Le chien et moi descendions la Vogts gate, nous nous déplacions encore moins en cadence que la veille. Il se retournait parfois pour me regarder. Il avait remarqué, je n'étais pas dupe, que quelque chose n'allait pas. Mon allure. Ma façon de marcher. Mes jambes s'étaient transformées en tiges de pissenlit. Un pas, deux pas, trois pas – et le cœur se mettait à battre. Le cœur prévient avant le cerveau qu'il y a un ennui.

Arrête de tirer sur la laisse, ai-je dit d'une voix qui venait de loin, de très loin.

Nous savions l'un comme l'autre, le chien et moi, que le problème ne venait pas de lui.

Et puis j'ai trébuché. Je ne sais pas si *trébucher* est le bon mot, trébucher implique plutôt que l'on tombe, et ce n'est pas ce qui m'est arrivé. Je ne suis pas tombée. J'ai décollé. Mais j'ai eu la *sensation* de trébucher. J'ai eu la *sensation* de tomber. Sauf que je n'étais donc pas étendue sur le bitume, terrifiée, minée par la honte, tandis que mes congénères, d'autres passants, affluaient pour voir ce qui s'était passé. Si au moins *ça* m'était arrivé – tomber, je veux dire. Me faire mal. Être avachie par terre comme une idiote en esquissant un sourire téméraire… J'ai perdu l'équilibre, c'est vrai – mais ensuite, au lieu de tomber, j'ai décollé. Pas beaucoup, mais juste assez pour que mes pieds ne touchent plus sol. Le plus curieux étant que je ne redescendais pas.

J'ai secoué la laisse dans une tentative de me *ramener* vers le bas. Je tirais, tirais encore, jusqu'à ce que le chien se mette à gémir et à me lécher la main.

Pardon, ai-je murmuré, pardon.

Je voulais me pencher, le caresser, sentir son épais pelage chaud contre ma paume, enfouir ma figure dans son cou, mais je n'osais pas bouger.

Les secousses ne faisaient qu'empirer la situation, pas seulement pour le chien qui n'arrivait pas à respirer, mais pour moi qui flottais à présent un peu plus haut que tout à l'heure. Dix centimètres. Vingt centimètres. Je ne suis pas très douée pour mesurer les distances.

Le chien me léchait la main.

Merci, ai-je dit, non sans sursauter en entendant ma voix. Merci d'avoir une grosse truffe humide, merci d'avoir ces pattes, merci d'être réel – et puis j'ai dit, à voix basse, pour que lui seul l'entende : J'ai bien peur qu'on doive patienter un petit moment ici, jusqu'à ce que ça passe.

Peut-être que ça avait à voir avec mes insomnies. À moins que ce ne soit tout ce poids que j'avais perdu. Je ne sais pas combien de temps je suis restée comme ça, debout (en lévitation), à l'angle des rues Vogts gate et Torshovgata. Ni d'ailleurs combien de fois ça m'est arrivé par la suite. Je ne sais pas quelle est la solution quand ça m'arrive.

La peur, la peur, la peur, la peur, la peur.

De l'autre côté de la rue avait emménagé un cabinet médical dont les vitres étaient occultées par un film foncé. Sinistre. Je crois que mon cerveau n'était pas en mesure, du moins à ce moment-là, d'intégrer cet état de lévitation ainsi que mon incapacité à redescendre, au lieu de quoi je m'occupais avec tout et n'importe quoi : les vitres occultées d'un cabinet médical derrière lesquelles les souffrances s'exposaient très certainement, ce que je préparerais à dîner pour peu que je parvienne à rentrer à la maison, si Eva avait bien emporté son manuel de maths, et enfin le fait que j'aurais dû l'écouter, me retourner pour la regarder et entendre ce qu'elle avait à me dire, ce matin quand elle a voulu me raconter quelque chose.

Tu as dit : Ne bouge pas.

Je ne veux pas de toi ici ! Fous le camp !

Tu as répondu : Ne respire pas.

Je ne respire pas.

Tu as dit, non sans un bâillement désintéressé : De toute manière, si tu essaies de reprendre ta marche, si tu bouges ne serait-ce que d'un centimètre, tu vas repartir en l'air.

Donc oui. J'ai fait comme tu m'as dit. Je n'ai pas bougé.

Combien de temps il faut que je reste dans cette position ?
Tu as répondu : Pour toujours. Ça ne passera jamais.

Le chien, ce chien adoré, s'est assis sur le trottoir et a attendu.

Pourquoi tu n'es pas revenue pour m'aider, pourquoi tu es revenue comme ça ?

Comme quoi ?

Comme une absence de vitalité… comme un diagnostic.

Le chien et moi flottons de part et d'autre du Torshovparken, les arbres perdent leurs feuilles, elles saupoudrent le sol de leurs couleurs rouge, marron et orange, se déposent à la longue en tas, j'évite le livre à moitié terminé (ou, pour être plus précise : même pas commencé) consacré à la fille de l'année 1983.

Pourquoi tu le qualifies de roman alors que tout le monde sait pertinemment que c'est toi ?

Tu trottines depuis un moment derrière moi, mais tu insistes à présent pour que nous marchions côte à côte. Tu ne cesses de me tarabuster.

Je dis, un peu trop fort : Tout le monde *ne sait pas* que c'est moi.

Est-ce que je suis en train de parler toute seule, qui plus est à voix haute et en gesticulant, pendant que je marche entre les arbres du Torshovparken ?

Arrête !

Celle qui parle d'elle-même à la première personne n'est autre que moi, et en même temps n'est pas moi.

Tout comme toi, dis-je le plus calmement possible, en essayant de faire le moins de bruit possible.

Tu poses des centaines de milliers de questions et je n'ai même pas eu le temps de répondre que tu poses déjà la suivante, tu n'en as jamais assez, tu ne la fermes jamais.

Un soir, quelques jours avant l'incident dans la Vogts gate, je me tiens nue devant mon mari.

J'ai tellement maigri, tu le vois ? La docteur m'a demandé de l'appeler si je continue à maigrir. Tu trouves que j'ai maigri ? Mon jean ne me va plus, il tombe, tu vois à quel point j'ai perdu du poids ?

Non, répond-il.

Non ? Qu'est-ce que tu veux dire par *non* ?

Il prend une profonde inspiration et baisse les yeux.

Un peu, oui, tu as un peu maigri, mais pas au point que ce soit inquiétant.

Les États-Unis viennent de se retirer formellement des accords de Paris, m'écrit Eva par SMS. Les incendies font rage en Australie, les émeutes embrasent Hong Kong.

Tu t'es installée bien confortablement dans ma poitrine.

Pendant cinq heures et demie, tu aurais pu – si tu avais été vivante – voir Mercure glisser sur le Soleil, pareille à un petit point noir.

J'ai été envoyée chez un psychiatre, le Dr Hegg.

Cher Dr Hegg, je vais essayer de m'exprimer clairement. Je sais que vous n'avez pas la patience d'écouter des chouineurs en tout genre. Mais j'ai besoin d'aide. Mon cerveau me rappelle le vers d'un poème d'Anne Sexton : « Des anges laids m'ont parlé. » Je sais que vous ne savez pas qui est Anne Sexton et qu'au fond vous vous en fichez. Elle a écrit… ce que j'essaie de vous dire, c'est que je traduis de l'anglais en norvégien. Non pas parce qu'on m'en a passé commande. La majorité des femmes… les femmes qui écrivent, je veux dire, les femmes qui ont vécu avant moi, qui sont passées par là où j'en suis actuellement. La plupart d'entre elles sont mortes. Certaines vivent encore. Ce que j'essaie de vous dire, c'est que je pense à ces femmes qui écrivent, aux vivantes comme aux mortes, comme à de bons fantômes, vous comprenez ce que je veux dire ? Elles ont passé leur vie à chercher les mots qu'il faut et à les mettre dans l'ordre qu'il faut, en plus elles écrivent que je ne suis pas seule. Vous vous sentez seule ? Je traduis pour apaiser mon angoisse, c'est ça que j'essaie de vous dire, mais je suis inquiète que tout mon sang me quitte et que je perde tous mes kilos. J'ai la sensation d'avoir de la fièvre en permanence. Et puis il y a autre chose qui est difficile à expliquer. Mes pieds : je ne peux ni rester debout ni marcher. Le sol s'est dérobé sous mes pieds. Je n'ose plus sortir. Conséquence, mon chien ne fait plus ses promenades quotidiennes. J'ai peur.

Hegg a souri, ce qu'il faisait souvent, mais froidement. À croire que la signification de ce sourire n'était pas de sourire, mais de me montrer toutes ses dents.

J'étais assise sur son divan, je pleurais, j'avais honte de pleurer. Hegg a voulu me prescrire un médicament pour le sommeil, deux pour la dépression, trois pour l'angoisse ; à moins que ça n'ait été l'inverse : un pour l'angoisse, deux pour le sommeil, trois pour la dépression. Il a dit que j'allais mal et que c'était manifeste. J'ai dit que je flottais, je lui ai demandé s'il le voyait. Il a répondu qu'il ne pouvait en aucun cas s'exprimer sur ce sujet. Alors que tout ce que je voulais, moi, c'est qu'il me dise que je ne flottais *pas*. Qu'il *voyait* que je ne flottais *pas*. Je ne veux pas prendre de médicaments, ai-je dit. Je connais déjà cet état – C'est-à-dire ? –, d'avoir peur tout le temps, et puis ça a fini par passer. Il a secoué la tête. Il a dit : Vous êtes malade. Ses dents claquaient. Il en a fait sa spécialité, de parler *avec ses tripes*. Et de ne pas entrer dans le jeu de ses patients. Qu'est-ce que vous voulez, dans ce cas, si vous ne voulez pas prendre de médicaments ? Je crois avoir dit que je voulais qu'on me console. Là, il m'a répondu que consoler n'était pas son métier. Puis il s'est impatienté. Il a regardé sa montre. Il m'avait octroyé une séance de deux heures, il le regrettait certainement.

Ce que j'avais surtout sur le cœur, notamment le fait que tu étais revenue, je l'ai gardé pour moi. Je n'ai pas parlé du bec rouge, des coups de bec dans mon oreille. Je n'ai pas parlé des tremblements nocturnes semblables à des souvenirs ou à une danse.

Le chien veut que je le fasse sortir, je fais semblant de ne pas comprendre où il veut en venir quand il entre dans la chambre à coucher en plein jour et pose sa patte sur le bord du lit.

Tu te souviens de ce qu'est le calme, demande-t-il, tu te souviens de la sensation du calme en toi, de son poids dans ton corps, est-ce que tu peux essayer de t'en souvenir pour qu'on puisse aller se promener ensemble ?

Quand j'étais petite, je m'entraînais à nager dans la mer. Je m'entraînais à retenir mon souffle. Je m'entraînais à tourner sur moi-même jusqu'à ce que je sois prise d'un vertige et que je tombe. Le soir, maman me lisait une histoire. Parfois elle chantait, et tant pis si ce n'était pas joli. Je m'en fichais. Je n'écoutais pas. C'était le bruissement de vie que j'entendais, pas la chanson. Je posais ma tête sur son ventre. Je remontais d'un geste décidé son pull ou sa chemise ou sa robe, ou quel que soit d'ailleurs le vêtement qu'elle portait – J'en chante une autre ? –, elle chantait, puis une autre, puis encore une autre, et j'avais ma joue sur son ventre. Sa peau avait un goût de sel. Ça revenait à avoir l'oreille plaquée contre un gros coquillage rose.

Et une autre fois, avant ça –

Maman et moi montons une longue côte. Elle devant, moi derrière. Quel âge avons-nous ? J'ai cinq ans, peut-être, elle en a trente-deux. Nous revenons de la poste où nous sommes allées chercher un paquet qui m'est adressé. Nous ne savons pas qui est l'expéditeur.

Qui a envoyé le paquet ?

Je ne sais pas.

On peut l'ouvrir tout de suite ?

Non.

Pourquoi ?

Parce qu'on n'ouvre pas un paquet juste après être allé le chercher, on attend d'être rentré à la maison.

Pourquoi ?

D'habitude, maman ramène ses longs cheveux en une grande queue-de-cheval. Et là, elle ressemble à une fille. Plus âgée que moi, certes, mais une fille quand même.

Parce que la patience est une vertu.

Quelques mois plus tôt, j'avais reçu une lettre d'un admirateur de maman, un Américain. Je ne me souviens pas de la teneur de cette lettre, mais je me souviens qu'il avait joint un portrait de lui. Peut-être voulait-il ainsi rappeler à maman qu'il existait en vrai ? Il était photographié debout, sous un palmier, tout sourire, tiré à quatre épingles, vêtu d'un pantalon marron à pattes d'éléphant, une chemise en soie également marron avec un col pelle à tarte et de grosses lunettes d'aviateur.

Je n'étais pas la seule à aimer maman, ce que je devais constamment prendre en compte quand je réfléchissais au sens des choses.

J'ai punaisé le portrait de l'Américain sur la tapisserie à fleurs de ma chambre, au-dessus d'un des coquelicots. Il y en avait déjà un sur le mur, encadré, de mon père, mais c'était le visage de l'Américain que je regardais avant de m'endormir, peut-être parce qu'il m'offrait un large sourire et avait écrit *I love you* sur la photo. Mon père, dans son pull à col roulé vert, m'observait d'un regard sérieux, bouche fermée. Cela faisait si longtemps que je ne l'avais pas vu que je ne pensais presque pas à lui.

Maman et moi montons la longue côte qui nous ramène à la maison.

Maman devant avec des sacs de courses dans chaque main, moi derrière qui tiens le paquet comme si c'était une couronne royale.

Qu'est-ce qu'il y a dans le paquet, d'après toi ?

Je ne sais pas.

Oui, mais tu crois quoi ?

Je ne sais pas.

Tu crois que c'est de qui ?

On verra ça à la maison dès qu'on sera rentrées.

Maman se met à chanter, ou à fredonner, une chanson pour enfants : *Une deux, une deux, une botte un sabot*. Au bout d'un moment, je chante à mon tour : *Une deux, une deux, une botte un sabot*. Le dos de maman, les longues jambes blanches de maman, à peine visibles sous l'étoffe fine de sa robe, les chevilles blanches de maman.

Gravir la côte. La montée prend du temps. Les choses prennent du temps. La patience est une vertu. En tout cas, quand je serai grande et que je recevrai un paquet, je l'ouvrirai tout de suite. Personne ne me dira qu'il faut que j'attende.

À peu près au même moment, l'été 1971, la capsule spatiale *Soyouz 11* atterrit dans le désert du Kazakhstan. De temps à autre, avant que j'aille me coucher, maman me parle de l'espace – la Lune, les étoiles, la chienne seule. Les cosmonautes sont retrouvés morts à leur arrivée. Ils venaient de passer vingt-quatre jours en orbite autour de la Terre. Et si l'état d'apesanteur les avait tués ? Beaucoup l'estimaient possible. Richard Nixon a envoyé une lettre de condoléances. Beaucoup se demandaient (maman y compris) : Combien de temps peut-on vivre en apesanteur ?

Nous sommes arrivées en haut de la côte, maman s'arrête, pose les sacs de courses, enlève son chapeau, écarte les cheveux qui lui collent au visage. Onze ans et demi plus tard, en janvier 1983, elle fait exactement le même geste. Ça me frappe au moment où j'écris ces lignes : ces gestes, ces instants fugitifs – par exemple, le fait que maman enlève son chapeau, qu'elle écarte les cheveux de son visage – n'apparaissaient pas lourds de sens lorsqu'ils ont eu lieu. Il est étrange que je m'en souvienne, surtout quand on pense à tout ce que j'ai oublié. L'oubli est plus grand que les souvenirs. Je demande : Qu'est-ce qui s'est passé entre tel et tel moment ? *Je ne sais pas.* Comment tu es allée de tel à tel endroit ? *Je ne sais pas.* Il n'y a que ces gestes – ces petits gestes fugitifs et insignifiants – qui se sont fixés dans la mémoire et qui relient la fille de 1971 à la fille de 1983 à la femme de 2021. J'ai seize ans et je m'apprête à monter dans le taxi jaune qui va me conduire au terminal d'Air France à l'aéroport JFK. Maman enlève non pas son chapeau cette fois-ci, mais le bonnet rouge, puis elle écarte les cheveux de son visage.

Elle – maman – se tenait devant le bâtiment au dais vert dans la 81e rue Ouest de New York. Elle venait de prendre l'ascenseur pour descendre les treize étages, elle était sortie dans la rue en courant sans chaussures aux pieds. Ses cheveux longs voletaient de part et d'autre. Elle avait dit non. Cela ne fait pas l'ombre d'un doute. *Tu n'as pas la permission de partir.* La tête lui tournait, le cœur lui levait. Elle se sentait comme en apesanteur. Un blizzard avait été annoncé, mais la tempête ne venait pas. Je crois qu'elle espérait intimement qu'il neige tant et tant que les aéroports soient contraints de fermer.

Je suis contre ce voyage. Vraiment. Je t'appellerai tous les soirs à vingt-deux heures, et il faudra que tu sois dans ta chambre d'hôtel, prête à aller te coucher.

A m'a invitée à Paris. Nous allons prendre des photos, d'abord pour un important magazine de beauté, puis, peut-être, si tout va bien, pour le *Vogue* français. Et voilà que maman se tenait devant moi, sur le trottoir, dans une doudoune de quasi-clocharde, avec de grosses chaussettes en laine et un bonnet rouge. Le vent soufflait en rafales.

Attends, a-t-elle crié.

Ses chaussettes ont été tout de suite trempées dans la neige fondue.

Attends.

Elle a enlevé son bonnet et écarté les cheveux de son visage, à croire qu'elle voulait retirer cette mauvaise journée des archives de l'univers qui renfermeraient la totalité des mauvaises journées. Elle a appuyé le bonnet sur ma tête, avec force.

De toute façon tu l'utilises plus que moi, a-t-elle dit, et je ne veux pas que tu aies froid à Paris.

J'entre dans la cuisine en courant et ouvre à la va-vite le paquet que nous sommes allées chercher à la poste.

Maman m'emboîte le pas, pose les sacs de courses sur la chaise.

Le paquet contient un gros coquillage rose.

Hum, dit maman en retournant le coquillage dans tous les sens.

Elle lit la carte. Ce n'est pas de l'Américain, ce n'est pas de papa, ce n'est pas d'un homme que nous connaissons, mais de quelqu'un qui a envie qu'on fasse sa connaissance.

Hum, répète-t-elle et froisse le papier qu'elle jette immédiatement dans la poubelle sous l'évier. Elle se met à ranger les courses.

Qu'est-ce que je vais bien pouvoir faire d'un gros coquillage rose ?

Le coquillage reste plusieurs jours sur la table de la cuisine. Il est aussi gros qu'un brochet, dit maman, mais je crois qu'elle ne sait pas à quoi ressemble un brochet. Plusieurs jours encore après, maman le pose sur l'appui de la fenêtre, il est trop gros pour rester sur la table et en fin de compte trop gros pour rester sur l'appui de la fenêtre, où il trouve malgré tout sa place attitrée, à côté d'autres bibelots dont j'ignore d'où ils venaient et où ils ont fini : une balle en bois peinte en rose, un vase décoré de marguerites, un oiseau en porcelaine rouge feu.

Si tu plaques le coquillage contre ton oreille, tu entendras la mer, dit maman.

Elle pleure –

Elle gémit –

Elle s'enferme dans la salle de bains, s'assied, nue, sur les carreaux bleus et froids, les genoux sous le menton –

Trois grandes serviettes blanches pendent à des patères dorées –

Pleurnicheuse –

Mais avant ça. Avant les larmes. Avant que je ne me retrouve dans le lit de A, dans les draps blancs de A, dans les longs bras pâles de A, avant cette énorme bouffée de désir qui a frappé mon corps comme une rafale, avant que je ne m'enferme dans la salle de bains et ne m'assoie, nue, sur le carrelage glacé, les genoux sous mon menton, avant tout ça : une nuit en particulier n'a jamais pris fin et je peine, presque quarante ans après, à en comprendre la répercussion. Et pas seulement la répercussion mais, de manière plus concrète encore, *la succession*. Si je trouve la succession, je trouverai aussi la fille. Et qu'est-ce que je lui veux ? Je ne sais pas.

Qu'est-ce que tu lui veux ? Je ne sais pas. Je n'ai pas de réponse plus franche que celle-ci. L'enterrer, peut-être, ou bien la ressusciter, ou quelque chose entre les deux. Voilà où nous sommes en ce moment, toi et moi : dans un entre-deux. Ce qui m'est arrivé à Paris – et tout ce qui est venu avant, ainsi que tout ce qui est venu après – se dilue comme de l'eau. Je me souviens par intermittences. J'oublie par intermittences.

Les événements dont je me souviens – l'hôtel avec le lit virginal, tiré au cordeau, et la gérante pressante ; Claude qui me lance ses *vite vite vite* ; le grand studio photo éclairé et la fille au Rubik's Cube ; l'adresse de A sur le bout de papier, la cage d'escalier plongée dans le noir et les marches jusqu'à l'appartement de A, premier étage, deuxième étage, troisième étage, les draps blancs de A, les mains de A, la langue de A, la colère de A, *pleurnicheuse de merde* – ne s'enchaînent pas d'emblée dans une succession directe. Je dois *fabriquer* une succession – pour la simple et bonne raison que, dans un livre (ou dans un souvenir, un récit), tel mot doit précéder tel autre, la première phrase doit précéder la deuxième. Et pourtant, ce n'était pas comme ça, pas exactement comme ça.

C'était comment, alors ?

Je l'ai déjà dit. C'était comme de l'eau, mare après mare après mare, informe. Ce qui s'est passé avant, et ce qui s'est passé après, puis encore après. Je n'en suis pas certaine.

Je suis en plein décalage horaire et j'ai perdu la notion de l'heure, la journée n'en finit pas de finir, elle tourne en rond. Les heures ne s'écoulent pas les unes après les autres, les choses ne se déroulent pas les unes à la suite des autres. Je suis non préparée et j'ai perdu le sens de l'orientation dans une ville complètement étrangère. Il s'est passé un temps infini depuis l'autre fois. Mais je suis maintenant revenue. Dans l'appartement de A. Il arpente la pièce de long en large. Il fume, tout le temps, tout et n'importe quoi. C'est l'après-midi. Claude vient de nous déposer. A a ouvert la porte cochère, je l'ai suivi en haut des marches. Il habite au troisième étage. Il se plaint de l'obscurité dans la cage d'escalier, il y a un problème électrique quelconque. Je lui demande s'il peut m'accompagner à mon hôtel. Il secoue la tête. *Non.* On va dîner chez Z. Il faut que tu sois présente. On part bientôt, dans une heure ou deux.

Certes, mais j'ai faim maintenant. Je fais tout pour ne pas pleurer.

A me propose du gin. Nous buvons du gin. Il a aussi du tonic et de la cocaïne. Je réponds oui pour le tonic. Il pose sa tête sur mes genoux. Il me dit que je suis belle dans la lueur des réverbères. Le bonnet rouge est resté sur la table. Je l'ai enlevé puis remis des fois et des fois. Je ne sais pas si c'est vrai que je suis belle.

Je refais une tentative.

Tu ne veux pas essayer de trouver le nom de mon hôtel ? Et, en guise d'explication de mon besoin de le savoir : *C'est là-bas que se trouve ma valise avec toutes mes affaires dedans.*

Je choisis une date précise et un horaire précis : le 19 janvier 1983 à vingt heures. Je trouve la fille dans un appartement grandiose du 7e arrondissement. Elle n'est pas la première fille de quatorze, quinze, seize, dix-sept ans à monter les marches de l'escalier en colimaçon jusqu'au deuxième étage, à franchir la porte et à être accueillie par Z qui l'observe sous toutes les coutures, en haut, en bas, par-devant, par-derrière. Claude est là, obèse et transpirant, en périphérie, aussi haletant qu'un chien affamé. Des jeunes femmes toutes plus belles les unes que les autres flottent comme des fantômes sur le parquet qui craque. Z embrasse A sur les deux joues, lui dit quelque chose en français que je ne comprends pas et nous lance : Entrez, entrez donc. Z a des cheveux châtains bouclés comme A, mais les siens luisent, contrairement à ceux de A. Il porte un pantalon en cuir remonté bien au-dessus des hanches et serré au niveau du nombril. Il ne me regarde pas très souvent au cours de la soirée mais me jette un coup d'œil polaire quand je quitte l'appartement avec deux filles plus âgées que moi, une heure plus tard, avant que le dîner ne soit servi.

Les invités ont pris place dans un grand canapé de coin entourant une table basse. Les filles ont de longues jambes, les hommes sont tous âgés. Je suis assise à côté de A. Tout le monde parle fort et se coupe la parole. Une bouteille de gin et un grand bol de cacahuètes sont posés sur la table. Les filles sont grandes, dépassent le mètre quatre-vingts voire le mètre quatre-vingt-dix. Je ne mesure qu'un mètre soixante-neuf, et demi. Mais Maxine, l'agent de mannequins à New York, a dit qu'elle va peut-être tirer quelque chose de moi si je m'applique et suis débrouillarde, si je travaille dur et fais ce qu'elle dit. J'ai, à ce qu'il paraît, *une petite silhouette toute mignonne de figurine de boîte à musique, avec une taille fine et des jambes fuselées*. Assise dans le canapé, dans le superbe appartement de Z, je repense à la tête de A sur mes genoux quelques heures plus tôt, chez lui. Est-ce que je peux le prendre par la main ? Est-ce que ce serait déplacé ? Est-ce que c'est grave si tout le monde sait que quelque chose de spécial se passe entre lui et moi ? A ne m'a jamais regardée comme Claude, Z et les autres hommes m'observent sous toutes les coutures, en haut, en bas, par-devant, par-derrière. À croire que je suis un morceau de gâteau, un objet, à croire que je *pue le sexe*. A a quarante-quatre ans, bientôt quarante-cinq. Il aime parler de cinéma et de musique. Il n'est pas aussi repoussant que Z avec son pantalon en cuir serré au niveau du nombril, que Claude avec ses montres hors de prix dans la poche intérieure de sa veste. J'ai tellement faim que la tête me tourne. Mon ventre grogne. *Bien sûr que tu peux prendre A par la main.* Qu'est-ce qu'il a dit dans la jeep rouge en venant ici : Apparemment, il y a quelque chose de spécial entre toi et moi, mais les gens risquent de mal l'interpréter. *Il vaut mieux que personne ne sache que tu étais chez moi cet après-midi, OK ?* J'ai acquiescé, mais je n'ai rien dit. Oui, évidemment, j'ai acquiescé, je ne le comprends que trop bien. Et il ne s'est rien passé entre nous. Je veux dire : il ne m'a presque pas touchée. Ce n'est pas ce genre d'histoire. A et moi, c'est autre chose. Je bois un gin tonic, c'est Claude qui l'a mélangé et m'a donné le verre. Quelques filles s'éclipsent dans la salle de bains et reviennent en gloussant. Je bois, je mange des cacahuètes. Aucune des autres filles n'en mange, mais je ne peux pas m'en empêcher. D'abord une. Puis une autre. Puis une poignée. Pendant un bref instant, quelques secondes, j'ai la sensation que le sel des cacahuètes conjugué à l'amertume du gin tonic apaise ma faim et calme mon corps. Mais en fait ça part dans le mauvais sens. Mon ventre se remet à grogner. Une fille parmi les plus grandes me toise et me demande en anglais – elle est américaine : *Tu veux d'autres cacahuètes ? Y en a un plein sachet à la cuisine.*

Je fais signe que non.

Elle rit.

Le silence s'installe autour de la table. Sentent-ils que je suis mal à l'aise ?

Cheers, dit A pour trinquer.

Cheers, dit Z avec son accent français quasi parodique.

Tout le monde lève son verre, à l'exception d'une fille. Elle porte une chemise rouge. Du même rouge que la tapisserie à motif de coquelicots dans ma chambre à coucher quand j'étais petite, du même rouge que le vélo de mon père. Je suis prise d'un vertige.

La fille à la chemise rouge est assise sur une chaise de la salle à manger. Il n'y a pas de place pour tout le monde dans le canapé. Suspendu au-dessus de la table, un plafonnier antique en cristal luit de ses mille lumières. *Pas mille lumières quand même – tu n'exagères pas un peu ?* Un peu à l'écart, la fille à la chemise rouge nous fixe, A et moi. Elle ne dit rien. Quand les autres filles se lèvent pour danser sur *Down Under*, elle ne bouge pas. Quelqu'un a mis Men at Work, le même morceau tourne en boucle. Je ne danse pas moi non plus, je ne quitte pas le canapé, visible et invisible à la fois, à côté de A. Chaque fois que je croise le regard de la fille, elle fronce les sourcils et secoue la tête. Comme si elle était en colère contre moi. Comme si je lui avais fait quelque chose. Je voudrais davantage de cacahuètes, mais le bol est vide. Je n'ai aucune idée de l'heure à laquelle le repas va être servi. A est certes installé à côté de moi, mais j'ai plutôt la sensation que nous ne nous connaissons pas. Il parle avec Claude en français. Celui-ci se tait à intervalles réguliers, s'interrompt au milieu d'une phrase pour reluquer les filles en train de danser. Il est bientôt vingt et une heures, dans une heure je dois être rentrée à l'hôtel car maman va téléphoner. Je reprends mon souffle. J'inspire, j'expire. Ça ne va pas arriver.

C'est trop con, s'exclame soudain la fille à la chemise rouge, en anglais, mais avec un accent français. *This is bullshit!*

Elle parle fort. Le bout de son nez est aussi rouge que sa chemise.

Mais personne va l'ouvrir, putain ?!

Les filles ne dansent plus. L'une d'elles, celle qui m'a souri en début de soirée, se penche sur la platine et essaie d'arrêter la musique, mais sans lever le bras, si bien que le diamant crisse sur le disque. Z lève les yeux et pousse un juron à voix basse. Les filles se rassoient dans le canapé les unes après les autres et sourient, comme des écolières, ce que sont encore la plupart d'entre elles.

La fille en chemise rouge secoue la tête. Elle continue en français, nous montre du doigt, A et moi. Je ne comprends pas ce qu'elle dit, hormis qu'elle demande à Claude de la fermer au moment où il lui propose une cigarette.

A secoue la tête. A lève les yeux au ciel. A soupire. Z fixe le plafond, plus agacé que furieux.

La fille qui a arrêté la musique en bousillant le disque s'assied à côté de moi, sur l'accoudoir, et me chuchote en anglais que la fille à la chemise rouge parle de moi. Ou plutôt : de A et moi. Tout le monde voit bien ce qui se trame ici, traduit-elle, tout ce putain de monde a pigé ce qui se trame ici, tout ce putain de monde sait que la seule raison pour laquelle tu es à Paris et tu fais des shootings, c'est que tu couches avec A, pourquoi, mystère… me dit la fille qui traduit, pourquoi, mystère… répète-t-elle avec un sourire gêné, avant de poser un bras autour de mes épaules et de chuchoter : Ce qu'elle veut dire, c'est que tu n'as pas l'apparence d'un mannequin, tu n'es pas grande, toutes les filles ici bossent à n'en plus finir, courent d'un rendez-vous à l'autre avec leur book, leur portfolio, et tu n'es pas… tu n'es pas…

La fille à la chemise rouge se lève de la chaise, tout son grand corps long à la Giacometti, cette majestueuse *Grande Femme I*, *II*, *III* et *IV* à la fois tremble, elle continue de parler, A l'interrompt, il dit, me chuchote la fille qui traduit, que vous ne couchez pas ensemble, bien sûr que non, *ce n'est pas à cause de moi qu'elle est ici...* C'est vrai ce qu'il dit, A ? me demande-t-elle toujours en chuchotant, et je réponds également en chuchotant : Oui, c'est vrai, oui oui, tout ce que prétend la fille à la chemise rouge est complètement faux. Z fait un geste de la main, comme s'il chassait une mouche, et demande à la fille à la chemise rouge de la fermer. Ça suffit maintenant, dit-il.

Bien des années plus tard, alors que j'écris ces lignes, je lis un article trouvé sur le Net et consacré aux accusations de viol dirigées contre Z. Je trouve un article sur le Net. Il est âgé. Il a plus de quatre-vingts ans. Mais il a toujours ces cheveux châtains luisants. Une équipe de reportage, tous avec un masque à cause de la pandémie, vient l'interroger alors qu'il mange des spaghettis et boit du vin à la terrasse d'un restaurant en compagnie de trois autres hommes âgés comme lui. Le journaliste lui demande s'il a un commentaire à apporter aux accusations. Un des amis de Z prie le journaliste de s'éloigner. Z continue de manger. Z continue de boire. Or, comme le journaliste ne cède pas mais l'assomme de questions sur des événements qui se sont déroulés plusieurs décennies plus tôt, Z lève soudain la main et fait le même petit geste, comme s'il chassait une mouche, que je reconnais pour l'avoir vu ce fameux soir dans son appartement. Ta gueule, avait-il dit à la fille à la chemise rouge.

Elle se lève d'un bond. Le rouge se dissémine du bout du nez aux joues puis au front.

Vous n'êtes qu'une bande de porcs, dit-elle.

Et, aux filles dans le canapé : Et vous qu'une bande de putes.

Et, à moi, en anglais – et je me souviens tellement bien d'elle, de sa chemise rouge, de son corps fin et élancé, de ce fard qu'elle a piqué, et je n'ai jamais su si sa remarque était bien ou mal intentionnée, si elle parlait depuis un lieu qui se voulait protecteur ou méprisant : Tu n'as rien à faire ici, ni le jour ni la nuit, rentre chez toi.

Maman venait de buter sur un nœud, un gros. J'en avais beaucoup. Mes cheveux étaient bourrés de nœuds. Elle essayait de les dénouer sans trop m'en arracher.

Elle avait des oreilles pareilles à des coquilles de moule et des mains capables de dénouer les nœuds dans les cheveux.

Elle pouvait passer un peigne dans les cheveux, le passer et repasser, sans que jamais ça fasse mal.

Aujourd'hui elle a quatre-vingt-un, quatre-vingt-deux, quatre-vingt-trois ans et ne peut pas boire un thé sans que la porcelaine cliquète. Ses mains tremblent, et c'est à cause de ces tremblements, dit-elle, qu'elle ne peut envoyer ni courriels ni textos.

Je la revois dans un costume rouge de chez Dior, de 1970, avec ses cheveux brillants qui tombent sur les épaules.

Elle descend la rue.

Les gens se retournent sur son passage.

Elle raconte qu'elle s'est toujours sentie en marge, osseuse, invisible. J'ai toutes les peines du monde à le comprendre.

Et elle savait raconter des histoires sans regarder dans le livre. Elle savait raconter, fredonner, chanter (faux mais je m'en fichais, j'aimais bien), apprendre par cœur. Lorsqu'elle décrochait un nouveau rôle au cinéma ou au théâtre, elle devait apprendre le texte par cœur. C'était le gros de sa préparation et, bien qu'elle le fasse chez nous dans le salon ou sur le lit dans sa chambre, elle était au travail.

Comme tous ceux qui vont au bureau, disait-elle.

Qui ? je demandais.

Tous ceux qui vont au bureau, répétait-elle. Moi aussi je suis au travail. *Je suis au travail même si je suis à la maison. Les gens ne le comprennent pas.*

Je l'aidais parfois à apprendre ses répliques. Ça ne fonctionnait pas systématiquement. Elle travaillait mieux sans moi. Je faisais ce qu'il ne faut surtout pas faire quand on aide un acteur ou une actrice à apprendre son texte. *Je faisais mon importante.* Si je lisais par exemple les répliques de l'amant, je parlais avec une voix grave comme si j'étais un homme.

Tu n'es pas censée jouer, disait maman, tu dois lire les répliques avec une voix normale.

Et donc je lisais avec une voix normale tout en suivant le scénario ligne à ligne pour veiller à ce qu'elle dise *ses* répliques à la lettre.

Non, maman, l'interrompais-je, il n'est pas marqué « et » dans le scénario, il y a juste une virgule.

Mais c'est secondaire…

Peut-être, insistais-je, mais il n'est pas marqué « et » et tu as dit « et ». Tu te trompes. Il faut que je te le dise quand tu te trompes ?

Maman soupirait.

Si tu m'interromps tout le temps, on ne va jamais en venir à bout.

OK, donc je ne te préviens *pas*, c'est ça ?

Si, tu me préviens, mais uniquement quand c'est important.

Je suivais le mouvement de ses lèvres. J'avais un œil sur le scénario et un œil sur les lèvres de maman. Je chuchotais pour moi-même : Les lèvres de maman existent.

Maman s'appelait Jenny dans le prochain film. Je m'appelais Anna (dans la scène qu'elle devait apprendre par cœur) et j'étais, à en croire maman, une jeune fille environ du même âge que moi, ou un peu plus vieille que moi.

Maman : Essaie de me pardonner.

Moi : Je ne comprends pas ce que tu veux dire.

Le scénario précise : *Distance. Une distance infranchissable. Jenny demeure muette et désarmée.*

Maman, qui n'est ni muette ni désarmée, m'a dit de ne pas tenir compte de ce qui figure entre les répliques, les didascalies comme les indications aux acteurs : tout ça n'a pas besoin d'être lu à voix haute. N'y pense pas, a-t-elle dit. N'y pense pas. Elle prend une inspiration.

Maman : Tu retournes aujourd'hui à ton camp d'équitation ?

Moi : Il y a un train dans une heure.

Maman : Tu as suffisamment d'argent ?

Moi : Oui, merci.

Maman : Tu vas bien ?

J'ai levé les yeux du manuscrit.

Mais, maman… ai-je dit, ce n'est pas ce qui est marqué.

Quoi ?

Il n'est pas marqué « Tu vas bien ? », mais « Vous vous plaisez bien ? ». C'est deux choses complètement différentes.

Maman a poussé un soupir, fixé un point au plafond.

Muette et désarmée ?

Distance. Une distance infranchissable ?

Maman a poussé un deuxième soupir et dit : OK, ma chérie, on réessaie ?

J'ai fait signe que oui.

Maman : Essaie de me pardonner.

Moi : Je ne comprends pas ce que tu veux dire.

Lorsque, fatiguées, nous étions allongées dans son grand lit doré et qu'elle me croyait endormie, je fermais certes les yeux mais ouvrais très légèrement les paupières afin de l'apercevoir à travers cette petite fente. De cette manière, je pouvais en fait la voir en entier. Elle lisait son scénario ou un livre, parfois elle regardait la télé. Je chuchotais pour moi-même. Ses yeux existent. Ses jours existent. Sa bouche (tout juste entrouverte, un peu molle parce qu'elle ignorait qu'elle était regardée) existe. Ses cheveux. Ses sourcils. Son front. Tout existe. Ses mains, longues et effilées.

Parfois, quand j'étais petite et maman était jeune, nous faisions semblant d'être pies. Nous n'avions pas de nom. Nous nous appelions simplement pie numéro un et pie numéro deux. Quant à savoir qui était qui, ça n'avait pas d'importance. Nous volions dans la ville, nous sautillions dans le parc, nous discutions de choses quotidiennes. Nous ne faisions pas nos importantes, nous parlions avec une voix normale.

Maman m'appelle du théâtre pour me raconter que son amie a eu un bébé et qu'elle en est la marraine.

Tu peux venir lui faire coucou demain, dit-elle depuis la cabine téléphonique près de sa loge, mais uniquement si ton rhume va mieux. Il ne faudrait surtout pas que tu contamines le bébé.

Bravo pour ta nouvelle filleule.

Merci.

Ça a fait mal ?

Un peu, peut-être.

Non, je veux dire, quand toi tu m'as mise au monde ?

Je ne trouve pas du tout que ça a fait mal. J'ai juste crié pour faire comme si. Je ne voulais pas que la sage-femme me prenne pour une originale.

Ah oui.

C'était le plus beau jour de ma vie : quand tu es venue au monde.

OK.

Dès l'instant où tu es née, j'ai eu peur de te perdre.

OK.

On se voit demain ?

OK. On peut raccrocher, là ?

Oui, ou alors on se retrouve ce soir à mon retour, après la représentation, mais tu dormiras sûrement.

Le bébé, qui n'a pas encore de prénom, est couché tout contre l'amie dans un grand lit blanc d'hôpital. Maman est assise à côté sur le bord, ses longs cheveux attachés en queue-de-cheval.

Le rhume me rend lourde et somnolente. J'ai chaud, je suis moite, j'ai sans doute de la fièvre. Je pose un doigt prudent sous mon nez pour empêcher un éternuement – en fait un truc de théâtre : les acteurs doivent s'entraîner à ne pas éternuer quand ils sont en coulisse et attendent d'entrer en scène, sinon le public l'entend et l'éternuement risque de gâcher la représentation.

Je ne suis pas allée en cours et suis restée à la maison, mais sans prévenir maman, partie tôt. J'ai pris un Dispril contre la fièvre et me suis maquillée pour que personne à l'hôpital ne voie que je suis malade. Tout ça, aussi : *des trucs*. J'en connais des milliers.

L'amie de maman s'est entraînée à donner le sein (encore une chose à laquelle il faut visiblement s'entraîner), des gouttes de lait coulent de ses mamelons, sa poitrine n'est pas recouverte, ses seins ont l'air plus vivants que le bébé. L'amie les replace sous le peignoir. Bien que j'aie le nez bouché, je sens une odeur acidulée, qui n'est pas sans rappeler celle des côtelettes. Se pourrait-il qu'on serve aux mamans juste accouchées de la viande au petit déjeuner ? Ai-je lu ou entendu quelque part que les femmes qui viennent de mettre un enfant au monde doivent manger beaucoup de viande ? Je prends une profonde inspiration. Bonjour, dis-je. Deux autres femmes partagent la chambre. Elles n'ont pas leur bébé à côté d'elles. Il est important que les mères se reposent après la naissance. L'amie lève la tête et dit bonjour. Les deux femmes lèvent la tête et disent bonjour. Maman lève la tête à son tour mais ne sourit pas et ne dit pas bonjour. Aucun mot ne sort de la bouche de maman. Assise sur le bord du lit, maman m'observe et se tait.

Mais avant ça, avant que je ne prenne le tram pour aller à l'hôpital, je suis entrée dans la chambre de maman, je me suis assise devant sa coiffeuse à la table en verre et au miroir à trois faces qui me permettait de voir mon visage sous trois angles différents. J'avais des visages que je ne soupçonnais pas avoir.

Il y a de la laideur dans les visages de notre famille, a dit un jour maman.

Je me suis enduit la figure de maquillage blanc. Il avait beau s'agir de fond de teint, on devenait blanc avec celui qu'avait maman sur sa coiffeuse. *Ivory*, disait le flacon – ivoire, donc.

Tout en haut du mur du salon, dans l'appartement à Oslo, était accroché un visage de femme, un masque de théâtre japonais.

Nō, a indiqué maman.

Les mains de maman, qui savaient dénouer les nœuds dans les cheveux, sortaient à présent le masque du papier de soie. Il faut l'accrocher bien en hauteur, a-t-elle dit. Elle a poussé une chaise contre le mur, est montée dessus et a enfoncé des clous dans la tapisserie. Ils se tordaient ou tombaient par terre. Ça a pris beaucoup de temps, maman donnait des coups de marteau à tout rompre.

Elle a dit : Certains masques portent malheur et d'autres portent bonheur, celui-ci porte bonheur.

Il est possible qu'elle se soit trompée.

Peut-être que tu te trompes, maman, tu ne crois pas ?

Peut-être qu'elle a pris celui qui portait malheur en croyant qu'il portait bonheur. À moins, bien sûr, que celui qui le lui a vendu l'ait roulée.

Ce masque a beaucoup de valeur, a dit maman. Il est fabriqué en bois de cyprès et en moules concassées, il a été peint à la main par un artiste ayant de toutes petites mains.

Ce jour-là à l'hôpital, avec mon maquillage ivoire sur le visage, je ressemblais à un personnage de nō. Il ne faut pas contaminer le bébé, avait prévenu maman à plusieurs reprises. Le bébé avait quarante-deux heures et la seule chose qu'il parvenait à faire était de tirer la langue. Ce que je me suis bien gardée de dire à voix haute. Je faisais toujours très attention à ce que je disais à voix haute. Car je disais souvent des bêtises. En redoublant de prudence, je me suis assise à côté de maman sur le bord du lit et j'ai pris la main du bébé dans la mienne. Elle n'était pas plus grande que le gros orteil d'un homme.

Maman a dit : Elle a des yeux adorables. Ils ne sont pas adorables ?

C'était bien elle de prononcer ces mots. *Yeux. Adorables.* La lumière qui s'engouffrait à travers la grande fenêtre tombait sur le lit d'hôpital, les deux femmes et la filleule de maman.

Mais qu'est-ce que tu t'es fait à la figure ? a demandé maman.

J'ai secoué la tête.

Tu t'es *maquillée* ? Tu sais pourtant que tu n'en as pas la permission. Tu as pris mon maquillage ?

Maman a craché sur ses doigts, *pouah*, et s'est mise à frotter. D'abord mes joues, puis sous mes yeux.

Beurk. Ne crache pas, c'est dégoûtant, ai-je dit.

Tu ne vas pas te trimballer avec cette dégaine. Pouah !

Elle a de nouveau craché sur ses doigts et continué de frotter.

Si le bébé a la figure sale et que vous la lui nettoyez avec de la salive, je le protégerai, ai-je dit, je le protégerai contre vos attaques.

Maman et son amie ont éclaté de rire – et moi aussi j'ai fini par rire.

J'ai regardé le bébé. Il dormait en tirant la langue. Certains affirment que les enfants choisissent leurs parents. Je n'en sais rien. C'est une grande responsabilité dont on charge ainsi l'enfant.

Quand commence pour de vrai le travail qui consiste à y parvenir : vivre, parler, comprendre ?

L'amie a délicatement placé son bébé dans les bras de maman.

Il faut que j'aille aux toilettes, a-t-elle dit. Vous pouvez vous en occuper un petit moment ? Elle est descendue du lit à grand-peine et a quitté la chambre d'un pas chaloupé et pesant.

Maman et moi ne bougions pas, ne disions rien, assises sur le bord du lit. Au bout d'un moment, maman a posé son front sur le mien.

Je crois que tu as de la fièvre.

Non, ai-je répondu en secouant la tête. Je suis juste un peu fatiguée.

Et après avoir dit ça, j'ai fondu en larmes.

Bien des années plus tard, je lis un article sur l'importance pour le bébé de la toute première heure après la naissance. Tout se passe entre zéro et un. Le bébé vivait depuis quarante-deux heures quand je lui ai tenu la main. J'ignorais qu'elle avait déjà une âme âgée à ce moment-là. D'abord les pleurs, indiquait l'article, puis le repos, puis le réveil, puis les mouvements des membres et de la tête, puis la recherche du sein de la mère, puis le repos de nouveau, puis la mise au sein, puis la tétée, puis le sommeil.

Et chaque fois que je vois une fille qui marche dans la rue en parlant toute seule avec férocité, j'ai envie de tendre une main, de lui caresser le front et de lui demander : *Tout va bien ? Tu as perdu ton téléphone ? Est-ce que je peux t'aider ?* – ce que pourtant je ne fais pas, il n'est pas certain qu'elle désire avoir un contact rapproché. Je sais qu'il faut laisser dormir une personne somnambule et ne surtout pas la réveiller. Je sais qu'il ne faut pas forcer la personne à sortir de la crise (d'angoisse, d'épilepsie) à laquelle elle est en proie.

Je n'ai jamais été douée pour distinguer ce qui *est* arrivé de ce qui *pourrait* arriver. Les contours sont flous et le visage de maman enveloppe le tout comme un gros nuage blanc. Bien avant mes seize ans – bien avant l'hiver 1983 à Paris –, j'ai rêvé que j'étais mes quatre poupées réunies et que nos cœurs battaient comme le tic-tac d'une vieille horloge. Chaque battement me donnait le vertige. C'est peut-être ce dont je me souviens le mieux de mon enfance. J'étais tout le temps prise de vertige. Et je m'évanouissais souvent. À l'école. Pendant les cours de danse. Je tombais. Et je retombais. Je tombais. Et je retombais. Encore et encore. Comme une perpétuelle chorégraphie. Égratignures, bosses sur le front et sur le crâne, membres froissés. Au bout d'un moment, j'ai appris à me retenir. Peut-être n'était-ce nulle autre que toi qui m'aidais ? Maman disait toujours qu'un ange veillait sur moi. Est-ce qu'elle disait ça parce qu'elle te savait tout près de moi, était-elle au courant de ton existence, savait-elle que tu étais sa fille ? Ce dont je me souviens le mieux de cette époque – quand je tombais constamment dans les pommes –, ce ne sont pas les égratignures mais la surprise en constatant que j'avais été partie. Pas longtemps, certes, mais suffisamment pour ne plus exister.

Une chose dont j'étais absolument certaine : quand j'aurais seize ans, tout finirait par s'arranger. Il suffisait de voir maman. La manière dont elle passait d'une pièce à une autre, les œillades qui la suivaient pas à pas. Maman remarquait ces œillades appuyées et sans relâche se laissait regarder. Tous ceux qui la voyaient étaient captivés par sa beauté, tenaillés par l'envie de l'embrasser ou de la frapper, voire les deux.

J'ai eu huit, neuf, dix, onze, douze, treize ans et j'avais un corps qui ne captivait personne.

Le corps de maman était pour moi bien plus réel que le mien. Rien de lui ne m'échappait. Le ventre doux dans lequel je pouvais enfouir ma tête, la peau pâle, les taches de rousseur sur les épaules et le visage, les cheveux longs d'un blond vénitien. Jamais je ne serais comme elle. Je n'avais rien de cette douceur. J'étais petite et maigre, il n'y avait pas le moindre endroit de mon corps sur lequel les gens pouvaient reposer leur tête. Donc oui, j'avais besoin d'autre chose que ce tas d'os, ces cheveux clairs et fins, ces longs doigts et ces grosses lèvres qui étaient moi et seulement moi.

Pendant longtemps, tu as été ma sœur secrète, tu étais réelle, aussi embryonnaire et informe que maintenant.

J'étais toujours une enfant et j'avais besoin de protection, il ne s'agissait pas simplement de partir dans le monde, de décrocher un travail et d'avoir un toit au-dessus de la tête. Je peux habiter là-bas ? Non, tu es une enfant, tu dois habiter à la maison. Je peux travailler là-bas ? Non, tu es une enfant, tu dois aller en cours. Tu ne peux pas cacher le fait que tu es une enfant. Tu aimerais le pouvoir. Tu aimerais être plus vieille – une jeune femme qui sans ciller dirait : ne me touche pas de cette façon, ne me touche pas de cette façon – seulement voilà, tu as treize ans et tu ne sais rien faire.

Rentre chez toi, petite fille. Le monde adulte n'est pas encore prêt pour toi.

Ton corps est une gêne même quand il est au summum de sa beauté et de son adolescence. Au fait, quand tu as treize ans, personne n'a envie de te regarder. Belle et adolescente, ça viendra dans quelques années. Pour l'heure, tu as un corps d'enfant, tu es aussi maigre qu'un fil de fer.

Une soirée bat son plein dans l'appartement d'Oslo. Maman l'a organisée. Un invité prend mon bras qu'il serre fort et me chuchote dans l'oreille (il est si proche de moi que j'entends même les fêlures dans ses cordes vocales) : Un jour tu seras sexy, je le vois à tes fesses.

Et comment tu peux le voir ?

Parce que tu as déjà de belles fesses, me répond-il.

L'homme est surnommé le Sellier car sa peau ressemble à du cuir.

Les hommes qui aiment les femmes, dit-il, peuvent être divisés en deux catégories : ceux qui aiment les fesses et ceux qui aiment les seins. Moi, dit-il, je suis un homme à fesses.

Je sers le punch rouge d'un grand saladier en verre. Mon travail, grâce auquel je gagne vingt couronnes, consiste à me tenir derrière une petite table et à verser le punch du saladier dans des verres. Maman se déplace de-ci de-là et sent divinement bon. J'ignore si ce sont ses cheveux, ses mains, sa gorge ou son rire qui sentent toujours aussi bon. Tu pourrais peut-être remplir les verres, les mettre sur un plateau et les proposer aux invités, dit-elle, plutôt que d'attendre que les gens viennent te voir. *À bout de souffle* est le maître mot. Il y a chez maman quelque chose d'*à bout de souffle* tandis qu'elle passe devant ma table. Je lui obéis, et c'est au moment où je traverse la pièce en tenant un plateau rempli de verres cliquetants que le Sellier m'attrape par le bras, me retient et chuchote à mon oreille. Les verres débordent mais ne se renversent pas. Ça va te prendre du temps, dit-il, peut-être deux ans, peut-être trois, mais je le vois déjà. Il renifle mon odeur comme si j'étais un cocktail. Mais pas du punch. Il n'en veut pas. Il fronce le nez et demande si maman n'a pas quelque chose de meilleur. Un whisky. Et pas cette pisse d'âne. C'est la première fois qu'un homme me regarde et me dit ce qu'il voit. J'avance prudemment sur le plancher, il y a des gens partout, des gens que je reconnais, des gens que je n'ai jamais vus, l'éclairage est tamisé, maman a mis un disque, *Killing Me Softly* de Roberta Flack, elle porte une robe longue violette qu'elle appelle *caftan*, je marche en veillant à ne pas perdre l'équilibre, je tiens le plateau rempli de verres de punch avec une main levée comme une vraie serveuse, je sais que le Sellier me regarde, je me tourne et lui souris. Je n'oublie pas de fermer la bouche. Un sourire puéril détruirait tout.

Mais alors : quatorze ans. Ma mère et moi avons fait la navette entre les États-Unis et la Norvège depuis de nombreuses années, d'abord ici, puis là ; c'est le travail de maman qui décide de notre lieu de résidence. Dans quelques mois, nous retournerons aux États-Unis. Cette fois, je ne vivrai *pas* dans une maison jaune avec deux nounous suédoises dans un putain de trou au fin fond de la cambrousse, comme la dernière fois. Maman et moi allons vivre dans la même ville, dans le même appartement – dans le grand appartement de la 81e rue Ouest à New York, dans un immeuble dont l'entrée principale est surmontée d'un dais vert.

Toi et moi –

Toi et moi, nous nous sommes promis de rester ensemble toute notre vie, mais maintenant que j'ai quatorze ans et que je vis à New York, tu ne viens plus aussi souvent qu'avant. Je suis trop vieille pour avoir des sœurs invisibles. Seulement voilà, un beau jour, tu es tout de même venue dans ma chambre, tu t'es assise sur le lit auprès de moi et tu m'as dit : Reste tranquille et écoute ce qui se passe.

J'ai mis mon index sur ma bouche.

Comme ça ?

Oui. Exactement comme ça. Si tu restes tranquille et que tu fais attention à ce qui se passe, si tu ne loupes rien, tu sais alors quand quelque chose qui jusque-là est sûr devient dangereux, tu comprends ?

Oui.

Tu le sais avant même que ça n'arrive, et tu peux alors avoir une influence dessus.

Oui.

Ça te dit quelque chose, les règles de sécurité en montagne ?

Oui.

Ce sont des règles qui régissent la randonnée en montagne.

Sauf qu'on n'est pas en train de faire de la randonnée en montagne, du moins pas à New York.

Je me suis allongée sur le lit, la tête sur tes genoux.

Ce que j'essaie de te dire, m'as-tu dit en te penchant sur moi – et je pouvais presque sentir ton souffle sur mes lèvres. Ce que j'essaie de te dire, c'est que quelqu'un a établi des règles sur la meilleure façon de marcher en montagne, des règles qui peuvent aussi s'appliquer à la meilleure façon de marcher dans le monde.

J'ai levé la tête.

Tu étais assise là, vivante comme jamais, une tout autre fille que moi.

J'ai secoué la tête.

Là où je veux en venir, m'as-tu dit, c'est qu'on peut assimiler les dangers à différents types de météos.

D'accord.

Là où je veux en venir, m'as-tu dit, c'est que si tu es *prête*, si tu es bien préparée et que tu suis bien ce qui se passe, tout devrait grosso modo bien se dérouler.

En novembre 2019, la température globale dépassait la moyenne de presque un degré.

Pas seulement sur la terre, a écrit Eva dans un SMS. Mais aussi dans les mers.

C'était bientôt Noël, et Internet indiquait qu'un homme venait d'être hospitalisé, atteint d'un nouveau virus.

Un autre SMS d'Eva est arrivé :

C'est la température la plus chaude jamais enregistrée pour un mois de novembre.

Mais avant ça, avant les SMS d'Eva sur un mois de novembre beaucoup trop chaud, Klaus Barbie, le criminel de guerre, le boucher de Lyon, est arrêté en Bolivie et extradé en France. Le ministre français de la Défense, Charles Hernu, contraint de démissionner deux mois plus tard à cause du sabotage du navire de Greenpeace, le *Rainbow Warrior*, a déclaré en lien avec la capture de Klaus Barbie : « Comment ne pas espérer que les mains de la justice s'emparent enfin des responsables de crimes atroces ? » La fille de seize ans qui parfois s'appelle Karin pense à de tout autres choses, même si elle a appris l'arrestation au journal télévisé avant de quitter New York. Elle est en ce moment dans le canapé du spectaculaire appartement de Z. Lui aussi sera, bien des années plus tard, rattrapé par le passé lorsqu'une dizaine de femmes l'accuseront de harcèlement sexuel, viols et trafic d'êtres humains. Qu'une chose pareille – *les mains de la justice* – puisse le frapper un jour ne lui traverse pas l'esprit. Ça ne traverse l'esprit de personne. Ni des hommes ni des filles. C'est une autre époque.

Je me souviens de la fille qui traduisait ce qui se disait en français, de sa façon de faire la bascule sur l'accoudoir, de se pencher vers moi, de poser un bras frêle sur mes épaules et de chuchoter à mon oreille.

C'est vrai que tu couches avec A ?

Non.

C'est vrai qu'il va te prendre en photo pour le Vogue *français ?*

Non, ou plutôt je ne sais pas, peut-être, si tout va bien demain.

A ne m'adresse pas la parole. Je suis toujours à côté de lui, mais il s'est écarté. Quelqu'un remet *Down Under.*

Non, pas ça, crie Z en faisant ce même geste agacé de la main, comme s'il chassait une mouche, pas encore ça, répète-t-il.

Il se relève lentement et, comme le grand homme âgé qu'il est, parade jusqu'à la chaîne stéréo pour mettre un autre disque.

Claude, dans le grand fauteuil, étend ses jambes et passe une main dans ses cheveux.

La fille traductrice se penche sur moi et chuchote : On s'en va ?

Je lève la tête vers elle. Elle sourit.

S'en aller ? Mais où ?

La fille fait un signe de tête vers une autre fille qui le lui rend.

L'autre fille a des cheveux très courts, comme Mia Farrow dans *Rosemary's Baby*. A l'a regardée maintes et maintes fois.

En ville, dit la fille traductrice, on sort en ville. Mais d'abord on rentre chez nous, d'accord ? Tu as sûrement envie de te changer ?

Je ne sais pas.

A me tourne le dos.

L'autre fille, l'amie de la traductrice, celle que j'appellerai Mia, se lève et sourit à Z, qui lui caresse aussitôt les fesses. Elle rit, l'embrasse sur la joue.

On y va, dit la fille traductrice.

Je me lève.

A se retourne.

Tu vas où ? demande-t-il à voix basse.

Je sors, je vais avec…

Elle nous accompagne, on va faire un tour en ville, dit la fille traductrice en souriant à A.

Tu en es sûre ? demande A, sans que nous sachions s'il s'adresse à la fille traductrice ou à moi.

Elle en est tout à fait sûre, pas vrai ? répond-elle.

A sourit.

Elle est sûre de retrouver son chemin dans Paris, donc ? Pour autant que je sache, elle vient d'arriver de New York en avion pas plus tard qu'aujourd'hui…

On va s'en occuper, dit la fille traductrice.

Mia s'approche de moi, prend ma main. Les deux filles trônent au-dessus de moi.

Bon, on l'emmène, dit Mia à A.

Z lève la tête, me regarde pour la deuxième fois au cours de cette soirée. Je lui adresse un sourire timide. A a bien indiqué qu'il est important que Z aime ce qu'il voit. Important pour mon avenir. Z lâche un petit rire froid – et ne me regardera plus jamais.

Chez la fille traductrice. Mia habite ici elle aussi. Et les trois autres filles, bien qu'elles ne soient pas là. Il est vingt-trois heures. Les vêtements sont dispersés partout. Dans la salle de bains les carreaux sont d'un blanc crasseux, du linge est mis à sécher sur une corde au-dessus de la baignoire, des produits de maquillage traînent dans le lavabo.

Je vais te maquiller, dit la fille traductrice. Et tu peux m'emprunter des fringues, ajoute-t-elle en retournant un tas de vêtements posés sur le lit.

Mia a sorti du gin et du tonic, s'est assise à la table et fume une cigarette. Ses cheveux courts lui donnent un air inaccessible.

Je me demande… dis-je en sentant aussitôt le vertige et la nausée monter comme une vague au moment où je bois une gorgée du verre que la fille traductrice m'a donné. Ma tête s'est pour ainsi dire détachée du corps. C'est bizarre. Je me demande si je pourrais peut-être avoir une tartine, un petit gâteau ou quelque chose, dis-je.

Mia se lève, la cigarette à la bouche, glisse sur le plancher jusqu'au plan de travail en désordre, trouve dans un sac une baguette qu'elle coupe en petites tranches. Elle prend une banane dans le réfrigérateur, se tourne et dit : Je peux te faire des tartines beurrées avec de la banane. J'ai grandi avec ma grand-mère maternelle, elle me faisait toujours des tartines beurrées à la banane, pas avec une baguette merdique mais avec du vrai pain, des tranches épaisses, chaudes, qui sortaient tout juste du four. Elle est tellement fière de moi. Je suis à Paris, je travaille comme mannequin avec les plus grands photographes et je gagne mon argent.

Elle pose devant moi un plat avec une baguette et une banane. Je bosse tous les jours, tu comprends, dit-elle, j'essaie de *percer*. La cigarette pend à ses lèvres. Elle mesure presque deux mètres.

Mange, il ne faudrait pas que tu aies un vertige.

Je mange la baguette, elle est dure et froide, la banane est trop mûre, elle est bonne.

Merci, dis-je, et excusez-moi.

Tu n'as pas besoin de t'excuser, dit la fille traductrice. Je crois plutôt que ce dont tu as besoin, c'est de rouge à lèvres. Et d'une autre robe. Qu'est-ce que tu penses de celle-ci ? dit-elle ensuite. On dirait de la soie. Elle est tellement courte que tu pourras montrer tes jambes. Tu as de belles jambes, tu devrais les montrer davantage.

Mia se rassied à la table, s'allume une autre cigarette.

La fille traductrice me demande de la suivre jusqu'à la salle de bains.

Si tu dois faire pipi, fais-le ici, dit-elle en me montrant le bidet. Si tu dois aller vraiment aux toilettes, il te faut une clé, les WC sont sur le palier.

Je ne dois pas…

J'adore maquiller les autres, dit-elle.

Je m'assieds sur le bord du bidet. Elle me relève le menton et m'étale du fond de teint sur la figure.

Tu avais une grosse tête de poupée aux cheveux longs quand tu étais petite ? Avec une brosse et du maquillage livrés en prime dans le paquet-cadeau ?

Une grosse tête et pas de corps, dis-je.

Je n'ai jamais eu ce genre de poupée, dit-elle en appuyant sur chaque mot. Mais regarde ce que je vais faire de toi. D'abord les yeux, ensuite les lèvres, et en dernier les cheveux.

Et voilà, dit-elle en français, au bout de vingt minutes alors qu'il est presque minuit. Elle me demande d'aller me regarder dans la glace au-dessus du lavabo.

Je trouve que ça fait un peu trop, dis-je. La bouche est grosse et rouge, comme une pomme. Elle m'explique qu'il fait noir là où on va, et que le maquillage n'y est *pas* un peu trop. Il y a une différence entre le jour et la nuit, le noir et le blanc.

J'acquiesce.

Elle me serre dans ses bras et chuchote : On pourrait être amies si tu veux. Toi et moi. Tu veux bien ? Dis-moi oui.

La discothèque est grande et bondée, il y fait noir et chaud.

Non, il ne fait pas *noir*, dit la fille qui autrefois était moi. Puisque tu me vois !

Si la chaleur fait l'effet d'un mur, l'obscurité est criblée de lumières vertes, rouges, violettes, qui viennent lécher les corps et les visages.

Tu me vois, n'est-ce pas ?

Un homme soûl essaie de tirer sur ma robe, celle que j'ai empruntée à la fille traductrice.

Je veux te voir nue, dit-il, je veux te voir sur la piste de danse.

Enlève ta robe, enlève-la.

Un autre homme le rejoint. Lui aussi en costume sombre. L'espace d'un instant, j'ai l'impression qu'il va frapper le premier avec son air déterminé, or il se plante derrière moi, tout contre ma colonne vertébrale, et plaque une main entre mes jambes avant de murmurer en anglais : *Tu mouilles.*

Je secoue la tête.

Je le repousse, je les repousse tous les deux, je me fraie un passage entre les corps sur la piste de danse, je me faufile entre la lumière et la musique, je finis par retrouver Mia et la fille traductrice installées avec des amis, des hommes et des femmes qu'elles ont rencontrés ici, il y a un petit moment déjà, après que je suis allée sur la piste de danse. Leurs amis ont une grande table – ils ont des chaises, du champagne, des cigarettes, de la cocaïne, des costumes sombres, des chemises, des cravates, de longues jambes fines, des rires, des bijoux.

Les deux hommes m'emboîtent le pas. Tout le monde se connaît. Ils saluent les gens autour de la table. Ils saluent Mia. Ils saluent la fille traductrice.

L'un d'eux me regarde, ricane et dit à qui veut l'entendre : Elle mouille. Tout le monde rit. Il dit : Elle mouille et elle est prête. *Il se trompe.* Je regarde les hommes, les femmes, les filles autour de la table. Je ne suis pas… Mia allume une cigarette, se penche au-dessus de la table et chuchote si fort que tout le monde peut l'entendre : *Ce que tu peux être cruche comme gamine, si tu ne supportes pas qu'on te touche, t'as rien à faire ici.*

Je supporte qu'on me touche.

Dehors il fait nuit, et il neige. Mon manteau est bleu, avec une ceinture pour le nouer autour de la taille. Mon bonnet est rouge. Je ne sais pas où je suis. Je suis venue avec les filles et je croyais que je repartirais avec elles. Je me suis penchée au-dessus de la table, j'ai demandé à la fille traductrice si on pouvait y aller, si elle et moi pouvions rentrer dans son appartement, si je pouvais peut-être dormir chez elle cette nuit ; la musique cognait, elle a secoué la tête et ri, je n'entends pas ce que tu dis, a-t-elle répondu en faisant un grand geste avec les bras pour montrer qu'il était impossible d'entendre à cause de la musique, les rires, les lumières, la fumée. Je me suis levée. J'ai pris mon manteau. Au moment où je suis passée devant elle, elle m'a attrapée par le poignet, s'est levée, m'a prise dans ses bras. Puis elle s'est rassise.

Je descends un trottoir. Puis je le remonte. Je ne sais pas où je suis.

Tu veux que je te raconte ce qui s'est passé cette nuit de janvier 1983 à Paris ?

Je n'ai pas retrouvé mon chemin.

Je ne me souvenais pas de l'adresse de l'hôtel, ni de son nom d'ailleurs. *Une gérante inquiète. Une grosse clé dorée. Des chats partout, à la réception et sur les marches recouvertes d'un tapis. Un lit tiré au cordeau au troisième étage.* J'avais écrit l'adresse de A sur un bout de papier. Il avait arraché une page d'un livre, d'un roman, je crois, je ne sais plus lequel, et m'a demandé d'écrire son adresse et son numéro de téléphone.

Mais donc : même si les passants, les propriétaires de chien et autres promeneurs nocturnes souhaitaient m'aider, ils ne le pouvaient pas, *tu n'as pas ne serait-ce qu'une petite idée de l'endroit où tu vas ?* qu'est-ce que je devais répondre à ça ? Non, je ne sais pas, jusqu'à ce que je croise l'homme qui lui n'a pas renoncé, celui à l'écharpe rouge. Il ne parlait pas anglais et je ne parlais pas français, mais il n'a pas passé son chemin comme les autres. Il a parlé, parlé encore, secoué la tête. J'ai parlé moi aussi, j'ai secoué la tête moi aussi.

Il voulait vraiment m'aider, je crois.

J'ai fini par retrouver le bout de papier avec l'adresse de A dans la poche de mon manteau et, après m'avoir dit quelque chose du genre *mais pourquoi tu ne me l'as pas montré plus tôt*, il m'a accompagnée tout du long jusqu'à la porte.

Aujourd'hui je me suis souvenue d'une chose. Je voulais te parler de tranquillité. Il arrive de manière aussi inattendue que la joie, ou que le sommeil quand tu croyais ne pas pouvoir t'endormir, ou que le rire, ou que la fille que tu croyais ne pas avoir près de toi, qui monte et descend les marches, frappe à toutes les portes et demande où tu es. Respirer n'est pas toujours d'une aide immédiate. Il n'est pas donné que tu puisses respirer correctement, avec le ventre, en pratiquant la respiration carrée, rythmée par de longues expirations, uniquement parce que tu le souhaites. Le chien a encore vieilli. Il ne pourra pas vivre éternellement. Alors que c'est ce que je veux : qu'il vive plus longtemps. Ses pattes sont minces et raides, il fait un vacarme de dingue chaque fois qu'il doit se lever ou se coucher à côté de moi dans l'herbe. Nous partons tous les jours nous promener. Son poil noir brille. Le poil est un bon indicateur de la santé d'un chien, et le sien est beau. Nous ne trouvons d'ombre nulle part. Même sous les ormes. Rien n'est comme avant, quand lui et moi sortions sans une pensée pour la durée de notre absence, il veut désormais tout renifler, il ne veut rater aucune odeur dans sa quatorzième année. À la maison, dans les pièces fraîches où le chien et moi vivons avec mon mari et Eva, je remplis son bol d'eau et le pose par terre. Il baisse la tête pour boire.

Si tu avais vécu, si tu avais été pour de vrai, nous nous serions mises à côté du chien pour entendre ses bruits quand il boit. Il lape, ça fait *dlatt dlatt dlatt*, c'est le plus beau bruit que je connaisse et il est intraduisible.

Le bonnet rouge me gratte. A fait quelques pas vers moi et me l'arrache, il le pose sur la table à côté de la fenêtre. Une table ronde avec deux chaises. C'est là qu'il prend son petit déjeuner le matin, et c'est là que se trouve à présent mon bonnet avec un air bête, au lieu d'un vase avec des coquelicots rouges. Il s'assied sur une chaise. Il regarde l'heure. Il tend le bras et me met le cadran de sa montre sous le nez.

Il est quelle heure ? demande-t-il.

Je me penche pour voir et réponds :

Deux heures et demie.

Deux heures et demie *du matin*, il dit.

Je suis campée sur le plancher avec mon manteau bleu fermement serré à la taille.

Tu ne trouves pas qu'il est un peu tard pour venir sonner chez quelqu'un ?

Si.

Il me prend contre lui.

Deux heures et demie, dit-il.

Je pose mes bras autour de son cou.

Je n'ai pas retrouvé mon hôtel et je ne me souvenais pas de son nom. Mais j'avais dans la poche le bout de papier avec ton adresse.

Je le lui donne.

A tripote une peluche rouge de mon bonnet qui a atterri sur le col de mon manteau.

Peut-être que tu aurais dû rester auprès de moi et ne pas essayer de t'enfuir ?

Je ne me suis pas enfuie.

Il continue de tripoter la peluche.

Tiens donc, dit-il. Voyons ce qui s'est passé en réalité. Nous étions chez Z. Je voulais te ramener chez toi. À ton hôtel. Mais tu as dit que tu préférais sortir avec les autres filles. Tu as dit que tu te débrouillerais.

Je me suis trompée. Je suis désolée de t'avoir réveillé.

A me regarde en souriant. Il prend la ceinture de mon manteau qu'il défait lentement.

Il ne reste rien de la fille de seize ans dans le corps que j'habite aujourd'hui, sinon une brûlure sous la poitrine, consécutive à un coup de soleil, des taches brunes, à croire qu'un oiseau préhistorique s'est faufilé autour de moi. Parfois, je m'imagine que tu n'es autre que cet oiseau. Gros et rouge. J'imagine que la pression, les tremblements et la lévitation sont causés par nulle autre que toi. Un vent fort, la chaleur et la sécheresse ont attisé les feux de forêt en Australie. Plus d'un million d'animaux sont morts. Sur les images, le ciel australien est orange.

Nous sommes en janvier 2020, trente-sept ans après mon voyage à Paris pour y être photographiée par A. Je suis persuadée qu'il ne se souvient pas de moi. Et si je lui envoyais un courriel ? Cher A. Tu te souviens de moi ? La fille aux épaules dénudées et aux longues boucles d'oreilles ? Est-ce que tu as conservé la photo que tu as prise de moi ?

Le Torshovparken ressemble à une rotule gigantesque dans le paysage, entouré d'immeubles jaune pâle, comme flottant au-dessus du voisinage, encadré par les rues Agathe Grøndahls gate au nord, Johan Svendsens gate au sud-est, Hegermanns gate au sud, Per Kvibergs gate à l'ouest. Les hauts feuillus dépouillés ont l'air de se réfléchir dans l'eau : j'ai l'impression de voir leur reflet et non des arbres en tant que tels. Le parc dans son ensemble a quelque chose de renversé, de culbuté. J'ai souvent songé compter les arbres, j'ai même de temps en temps essayé, un, deux, trois, quatre, mais je me suis mise à penser à autre chose et j'ai dû recommencer de zéro. En janvier, les couchers de soleil sont si spectaculaires que les gens affluent pour les voir. On se croirait sur l'île de Skye en Écosse, à Langhammars sur l'île de Fårö en Suède, ou au Taj Mahal en Inde, tous connus pour leurs couchers de soleil, et pourtant nous ne sommes qu'ici, à Oslo, dans le quartier de Torshov, dans ce parc renversé légendaire, baptisé du nom du quartier où il se trouve. Je m'installe souvent devant la fenêtre pour observer le flot de gens venus admirer le soleil d'hiver sourd et incandescent, aux allures de joue d'enfant empourprée par la fièvre, une grosse joue dans le ciel, la joue d'un géant, la joue d'un enfant de géant empourprée par la fièvre. Ça a l'air si chaud alors que nous ne sommes qu'en janvier, qu'il fait froid dehors et que la nuit s'apprête à tomber.

Tu loges – oui, *toi toi toi* – dans ma poitrine, dans ma gorge, dans mon ventre, un gros oiseau rouge aux plumes incandescentes qui ne cesse de me donner des coups de bec. Tu es venue en septembre et le printemps est arrivé. Nous sommes en mars-avril.

Tous les jours – en ligne, à la télé –, de nouvelles images de villes aux rues désertes, vides de gens mais pas d'animaux : un raton laveur à New York, un chacal à Tel Aviv, un cerf à Nara, un lion de mer à Buenos Aires. Eva referme chaque matin la porte de sa chambre à coucher et ouvre son ordinateur.

Je cherche le mot *distanciation*. Sur le site Internet du *Miami Herald* : « Si contre toute attente vous vous arrêtez dans la rue pour discuter avec quelqu'un, n'oubliez pas qu'il doit y avoir entre vous deux de la place pour un crocodile. »

J'imagine des crocodiles dans la rue.

Je mesure tout en crocodiles.

Il figure aussi dans l'article : « Ne vous touchez pas le visage. »

Je compte les arbres dans le Torshovparken, mais abandonne au bout de onze, vingt-neuf, trente et un –

Au lieu de quoi je compte sur le Net le nombre de contaminés, de malades et de morts.

Eva rentre d'une promenade dans le parc, ses lèvres sont aussi rouges que ses chaussures. Je ne peux pas confirmer le moment où tout ceci sera terminé, ni celui de la réouverture des écoles.

Elle enfouit son visage dans ses mains et fond en larmes.

C'est tellement irréel, dit-elle.

Va la voir.

Ma voix est plus stricte, plus raide que je ne l'avais imaginé quand je lui dis :

Eva, ne te touche pas le visage.

Toutes les semaines, maman m'envoie par courriel une liste de courses. Ou plutôt : comme maman ne sait pas se servir du courrier électronique, nous avons mis en place un système compliqué où elle m'envoie sa liste par fax, que je reçois à l'aide d'une application par courriel. Après quoi je commande les marchandises en ligne.

Yaourt, ragoût, pain, Coca, chocolat, melon, nouilles, savon, riz.

Je traduis la liste de courses en anglais, je me connecte sur le compte que maman a ouvert au supermarché américain et je commande l'ensemble qui, quelques heures plus tard, est livré sur le pas de la porte de la grande maison du Massachusetts.

Maman utilise le mot *nouilles* et non *pâtes. Cache-nez* et non *écharpe*. Ou *tricot de peau.*

Je me penche sur sa dernière liste de courses, je vois que sa main tremble plus qu'avant et qu'elle a mis du temps pour rédiger chaque article avec une écriture belle et intelligible. Parfois, elle rehausse aussi le mot d'un petit dessin, par exemple une fille qui se promène avec son chien ou deux filles assises sur une barrière, en train de chanter.

Quand elle me demande au téléphone ce que j'écris en ce moment, j'élude. Ou je finis par dire que j'écris sur la photo de 1983. Elle : Quelle photo ? Moi : La photo que quelqu'un a prise de moi. Elle : Tu veux dire à Paris ? Moi : Oui. Et là elle dit : *Mais je ne voulais pas que tu t'en ailles*. Et moi je réponds : Non, en effet, tu ne voulais pas que je m'en aille.

Elle va de pièce en pièce dans la grande maison, ou bien elle s'assied sur un tabouret devant la fenêtre de la cuisine pour regarder l'érable rouge.

Il doit être centenaire, dit-elle un jour, lors d'une conversation téléphonique.

Lors d'une autre conversation téléphonique : Allô ? Tu es là, maman ?

Je n'arrive plus à rentrer.

Tu as oublié tes clés ?

Non, non, je voulais juste réceptionner de la nourriture et là je n'arrive plus à rentrer.

J'entends son souffle. Par-delà l'océan, de Gloucester jusqu'à Torshov.

Hé ho, hé ho ! crie-t-elle, non à moi mais à son compagnon qui se trouve quelque part dans la grande maison.

Il ne l'entend pas. Cette maison, qu'elle m'a décrite, me rappelle un labyrinthe avec toutes ses pièces et tous ses couloirs et tous ses escaliers ; maman préfère la cuisine, et l'érable à l'extérieur.

Tu peux m'ouvrir, crie-t-elle, s'il te plaît, je n'arrive plus à rentrer, fais-moi entrer. S'il te plaît, s'il te plaît.

Une troisième conversation téléphonique : Je passe l'aspirateur, dit maman, je sors les courses, je prépare à manger, je mets le couvert, je fais la vaisselle. Tous les jours j'ai peur. Lave-toi les mains, je lui dis, à cet homme avec qui je vis, n'oublie pas ton masque, tu ne peux pas sortir sans masque. Il ne m'écoute pas toujours, si tu vois ce que je veux dire. Je ne m'imaginais pas que la vie finirait comme ça.

La vie ne finit pas comme ça, dis-je.

On n'en sait rien. Si ça se trouve, elle va finir comme ça.

Je ne lui ai pas dit qu'elle avait une deuxième fille, que nous sommes deux et que tu es revenue après t'être absentée pendant plusieurs décennies.

Quand un enfant naît, il se passe tant de choses. Le plus important – et nous n'y pensons pas – c'est que, dès la première heure, l'enfant âgé de zéro mois, zéro jour, zéro heure doit établir une relation inédite et autonome avec la force de gravité. Il a flotté pendant neuf mois. Dorénavant, il ne va plus flotter. Cela exige un travail colossal.

Tu t'assieds parfois sur l'appui de la fenêtre et tu te prends pour notre mère. Tu dis : Je vous ai donné naissance à toutes les deux. L'une de vous est restée, l'autre est partie.

Au printemps 1982, soit quelques mois avant mes seize ans, j'habite à Oslo où je termine mes années de collège à la Majorstua skole. Eirik a fini le collège depuis longtemps, il passe son bac, il a dix-huit ans et s'allonge à côté de moi sur la couchette de l'annexe, dans notre maison d'été, il me demande si c'est la première fois que je couche avec un garçon et je réponds oui.

Il fait clair toute la nuit. Les invités restent jusqu'en fin de matinée le jour suivant. Certains des garçons, Eirik notamment, ont déjà leur permis de conduire et retournent à Oslo. Une fois tout le monde parti, Heidi et moi rangeons et faisons le ménage le mieux possible après une fête que nous n'avions pas le droit d'organiser. *L'art du ménage.* Une fille de cinq ans fait le ménage dans ses jouets, une fille de dix ans fait le ménage après une crise de colère, une fille de quinze ans fait le ménage après une fête interdite dans la résidence secondaire de sa mère, une fille de dix-neuf ans fait le ménage après de longues nuits de préparation d'examens et range tasses de café, cendriers, livres, feuilles volantes, une femme de vingt-quatre ans fait le ménage dans les jouets de son fils, une femme de trente ans fait le ménage dans les cartons du grenier maintenant qu'elle va se séparer et vivre seule pour écrire son premier livre. C'est là, dans le grenier du nouvel immeuble dans lequel elle a emménagé avec son fils Ola, qu'elle trouve la photographie que A a prise d'elle à Paris, coincée entre deux pages du bloc-notes blanc aux couvertures rigides. Sur cette photo, elle a les épaules dénudées et porte de longues boucles d'oreilles. Elle la regarde à peine et referme le bloc-notes qu'elle remet dans le carton. Je crois que c'est la dernière fois qu'elle verra la photo. J'ai cherché le carton, je viens à l'instant de chercher, tandis que j'écris ces lignes, mais il a dû disparaître lors du déménagement, soit celui que j'ai fait quand j'avais trente ans, il y a presque vingt-cinq ans de cela, soit plus tard, lors d'un autre.

Plus je vieillis, plus j'attache d'importance au ménage, plus j'apprécie notamment de faire la lessive, d'étendre et de plier le linge ; je me demande si ma prédilection pour les tâches domestiques diminue mon aptitude à être un monstre sacré. J'ai emprunté la réflexion suivante à Jenny Offill qui, dans son roman *Bureau des spéculations*, écrit : « Je prévoyais de ne jamais me marier. Je préférais devenir un monstre sacré, un écrivain de génie. Les femmes ne deviennent pratiquement jamais des écrivains parce que les écrivains de génie ne s'intéressent qu'à leur art, jamais au quotidien. Nabokov ne repliait pas son parapluie lui-même. Vera léchait les timbres à sa place. »

Je commence ma journée d'écriture en étendant les draps et les housses de couette tout juste lavées sur les portes de l'appartement de Torshov, et je pense à mon père qui était visiblement un monstre sacré. Mon père n'aurait jamais commencé sa journée en lavant puis en pliant son linge. Il n'aurait jamais songé à commencer sa journée de travail en étendant du linge humide – et il n'aurait jamais permis que ce linge pende aux portes. Il ne supportait même pas de *voir* du linge humide. Voilà pourquoi il avait construit une buanderie équipée d'une armoire de séchage à Hammars où il vivait l'été, sans oublier que c'étaient toujours les femmes (ses maîtresses, ses épouses, ses aides ménagères) qui faisaient le ménage pour lui. Oui, il fallait que ce soit rangé, impeccable, tout au bon endroit ; il ne fallait surtout pas oublier l'odeur de la poussière sur les appuis de fenêtre du salon, il ne fallait pas qu'on ait l'impression d'avoir fait la cuisine quand le dîner était servi à dix-huit heures notamment quand maman vivait encore avec lui. « Ah ! je déteste tant cette maison ! Il me semble qu'il n'y a rien au monde qu'on puisse faire pour la rendre jolie ! » dit Mrs. G. dans *Le Deuxième Sexe* de Simone de Beauvoir – et là la jeune fille fait le ménage, elle qui va bientôt avoir seize ans, elle qui va bientôt retourner au lycée, elle qui va bientôt être repérée par A dans l'ascenseur, elle qui va bientôt aller à Paris. Tout ceci va se passer dans quelques mois – l'ascenseur, A, Paris –, mais elle n'en sait encore rien. Elle sait en revanche qu'elle doit nettoyer toute trace de la fête, les bouteilles, les sachets de chips, les mégots de cigarette. C'est une autre sorte de ménage que celui auquel s'adonnait Mrs. G. jour après jour : la fille de quinze ans ne fait pas le ménage pour que ce soit joli, elle ne se demande pas si la maison de sa mère est jolie, elle se demande si *elle* – la fille de quinze ans – est jolie. Elle fait le ménage pour que sa mère ne soupçonne pas qu'une fête a eu lieu dans la maison et se mette ainsi en colère.

J'ai écrit un jour que tant mon père que ma mère avaient besoin d'une femme capable de ranger à leur place : leur donner à manger, faire le ménage, répondre aux courriers, les border au moment du coucher. La fille qui va bientôt avoir seize ans ne fait pas le ménage pour couvrir un mensonge. Elle a simplement promis de ne pas organiser de fête à la maison ; aussi, quand sa mère lui pose la question, elle répond évidemment qu'il n'y a pas eu de fête. Heidi est restée. Heidi l'aide à ranger. Ça leur prend toute la matinée. Quand elles ont terminé, quand nous avons terminé, nous nous étendons au soleil, chacune sur une serviette. Nous sommes l'une à côté de l'autre avec une radiocassette entre nous. Heidi, plus frénétique que moi, se relève à intervalles réguliers pour danser. Heidi danse sur les rochers et chante *I Love Rock'n'roll* en entier tout en mangeant une glace. Heidi se rallonge sur sa serviette et je lui raconte que j'ai couché avec Eirik. Je crois que nous finissons par nous endormir. Alourdies de sommeil après cette nuit blanche, l'alcool, le soleil. J'ai toujours eu un teint pâle. Et une peau fine. Presque diaphane. On pouvait voir les veines transparaître sous la peau de mes mains, bleu clair, comme des poumons. Déjà à l'époque j'avais des mains de vieille dame.

Vient le soir et maman rentre, elle a rapporté des courses de l'épicerie et s'apprête à préparer un dîner tardif, il est déjà huit ou neuf heures, elle ne remarque pas que tout est bien rangé, elle ne remarque pas non plus qu'il y a eu une fête à la maison, mais elle me regarde et dit : *Mais ma chérie, tu es restée au soleil toute la journée ! Tu es toute rouge. Nous ne supportons pas le soleil, notre peau ne le supporte pas.* Je le sais bien, que maman ne supporte pas le soleil. Il va donc de soi que je ne supporte pas le soleil. Maman et moi avons presque le même prénom – ou plutôt, je porte celui de ma grand-mère, Karin, mais peu de gens m'appellent comme ça, ils m'appellent autrement. Et pour ce qui est du soleil, maman me l'a ressassé des années et des années. Maman avec ses longues robes légères et ses lunettes de soleil. *Non, non, non, je ne veux pas me mettre au soleil. Ne serait-ce qu'un tout petit instant, je ne veux pas me mettre au soleil.* Été après été, les amies de maman viennent nous voir dans notre résidence, elles boivent du vin blanc et prennent des bains de soleil en bikini sur les rochers, elles sont belles et bronzées pendant que maman les regarde, sur un banc à l'ombre et sous une grande capeline noire.

Une fille frappée par un coup de soleil. Une fille de quinze ans, presque seize. Qui n'est plus vierge. La peau pique et brûle, s'enduire de crème ou d'huile protectrice ne sert à rien, poser des chiffons frais sur le visage et les épaules ne sert à rien non plus. Elle prend une douche à l'eau froide, elle se baigne dans la mer, elle reprend une douche, mais rien n'y fait : la peau lui fait l'effet d'un collant corrosif. Le soir, après mille et un bains froids, après mille et une applications de crèmes et d'huiles protectrices, je veux me coucher tout contre Heidi mais ça me fait beaucoup trop mal. La peau est chaude, non pas comme sous l'effet d'une fièvre même si ça y ressemble.

Quelques jours plus tard, une semaine, deux semaines, j'ai la poitrine parsemée de cloques. Au lycée, l'infirmière m'informe que j'ai une brûlure au second degré.

Il est dangereux de rester au soleil toute la journée, dit-elle. Je le sais, dis-je en voulant lui parler de maman sur un banc à l'ombre et sous une grande capeline noire.

Quelques semaines plus tard encore, la peau commence à se desquamer.

Eirik et moi nous retrouvons dans ma chambre, dans l'appartement de maman à Oslo. Il vient juste de se faire retirer deux dents de sagesse. Sa mâchoire est encore un peu gonflée, mais pas enflée. Maman est partie à New York, nous sommes seuls dans l'appartement. Je vais bientôt partir là-bas moi aussi. Je lui dis qu'en fait je ne vis plus à Oslo. Il s'assied sur le bord du lit. Il rit. Il a des yeux d'un bleu céruléen et de longs cheveux blonds. Je m'assieds à côté de lui, j'ôte mon pull et l'aide à enlever le sien. Les blessures consécutives à mon passage prolongé au soleil pèlent toujours. Eirik arrache de grands pans de peau juste sous mes seins. Ça me brûle. Je pose une main sur la joue où il s'est fait enlever les dents.

Tout fait mal, dit-il, et nous rions l'un comme l'autre.

Tu es assise sur l'appui de la fenêtre. L'été revient, puis l'automne. Comme la fille dans les contes de fées, tu joues avec une pomme dorée.

Je viens m'asseoir à côté de toi, je regarde dehors.

J'habite dans un immeuble, au tout dernier étage.

Tu me donnes ta pomme. Elle n'est pas en or. C'est une pomme tout ce qu'il y a de plus ordinaire, rouge. Rouge comme les feuilles mortes par terre. Rouge comme la jeep de A.

La fille que j'étais et la femme que je suis portent toutes deux un bonnet rouge. Ce n'est pas le même, je n'ai pas gardé celui que je ne quittais pas en 1983, mais il lui ressemble.

Tu dis : Enfin bon, il est temps de ressortir les vêtements chauds, vu qu'on est bientôt en novembre.

Je dis : Mais je peux peut-être rester ici un petit moment.

Tu dis : On peut rester ici toutes les deux.

A embrasse avec la langue. Personne ne l'a fait jusqu'à présent. Je n'ai pas beaucoup d'expérience. Je jouis quasi aussitôt. Il fait tout, je ne fais rien. Je bloque ma respiration, je veux que ça dure. Je murmure : Ne t'arrête pas. Il lève la tête (s'arrête) et lâche un rire presque bienveillant et un peu surpris.

Il crache sur ses doigts, pour que je mouille encore plus. Tu sais ce qu'on va faire maintenant ? dit-il en me retournant sur le ventre.

Ses mains, sa langue, sa queue – mais alors, le changement a lieu d'un instant à l'autre : je ne donne rien en retour. Moi qui étais si exaltée. Moi qui avais un corps qui voulait, qui en demandait davantage, qui disait oui. Il n'en a pas terminé. Je ne sais pas ce que je dois faire. Ce n'est pas que je ne veux pas. Ou peut-être que c'est justement ça. Le désir a disparu. Il sait faire tellement plus de choses que moi. Je suis déjà sortie avec des garçons avant lui – *Eirik* –, mais maintenant je suis allongée dans les draps blancs de A comme une grande enfant inerte.

Une grande enfant inerte qui sait déjà que ce qu'il a fait était bien, qu'elle ne s'était pas imaginé que ça pouvait être comme ça, que tout en elle se tend vers lui.

Ne t'arrête pas, a-t-elle dit.

Une grande enfant inerte qui ne donne rien en retour.

Que fait-elle ?

Elle est allongée dans les draps blancs, se cramponne à lui.

Mais alors, brusquement : Je veux rentrer, dit-elle, je veux rentrer à mon hôtel. Celui dont elle ne se rappelle pas le nom.

Je me lève du lit, j'entre dans la salle de bains au carrelage bleu. Je m'agenouille devant la cuvette des toilettes et je vomis. Je ne sais pas combien de temps je reste là. Je n'ai rien mangé depuis ce matin de bonne heure. *Non, ce n'est pas vrai.* Mia m'a donné un morceau de baguette quand j'étais dans l'appartement qu'elle partage avec la fille traductrice, avant qu'on aille en boîte de nuit. Mia ne s'appelait pas Mia. Z ne s'appelait pas Z. Je vomis une seconde fois. A ne s'appelle pas A et n'aimera sûrement pas que je décroche de la patère l'un de ses grands draps de bain blancs hors de prix et que je m'en enveloppe et me couche par terre.

Tu ne sors pas le retrouver ?

Si, je vais y aller. Bientôt. Il faut juste que je reste allongée un petit moment pour retrouver mes esprits.

Tu viens ? crie A dans le lit.

III

BLANC

À la mi-février 1983, le téléphone sonne dans le grand appartement plongé dans le noir du treizième étage. Le soleil brille dans les pièces vides et sur les planchers luisants. Les rebords de fenêtre sont blancs. Les cimes dans Central Park sont blanches. Les trottoirs de la Columbus Avenue sont blancs. La ville est silencieuse. La neige n'en finit pas de tomber, c'est la pire tempête de neige depuis soixante-trois ans, déclare le présentateur des informations télévisées. Les écoles sont fermées. Je suis à la maison. Des voitures délaissées sont – gisent – disséminées sur les autoroutes que l'on entend à peine si on ouvre les fenêtres pour écouter les bruits venant de l'ouest ; les véhicules garés doivent être exhumés des congères. Les quotidiens ne sont pas livrés à l'heure ou ne peuvent pas être livrés du tout. La population doit allumer son téléviseur ou sa radio pour se tenir au courant des dernières informations. « Un calme surnaturel régnait sur la ville tandis que les vents murmuraient dans les canyons presque désertés de Manhattan, écrit le journal quelques jours plus tard, même Times Square donnait une impression de paix sous le soleil éblouissant du petit matin, sans ses habitants nulle part en vue. »

Nous avons quatre lignes téléphoniques dans l'appartement, elles sonnent parfois toutes en même temps. Nous avons un téléphone dans le salon, un dans la cuisine, un dans la chambre à coucher de maman et un dans la mienne. Les appareils sont marron clair, presque beiges, quasi blancs, et munis de longs cordons qui nous permettent, pendant que nous parlons dans le combiné, de les transporter dans la pièce, de les avoir avec nous si nous sommes allongées sur le canapé ou assises sur l'appui de la fenêtre ; ils sont tous équipés de quatre boutons qui brillent selon le numéro composé sur telle ou telle ligne. La première est appelée la ligne professionnelle, la deuxième la ligne de la maison, la troisième correspond à mon numéro et la quatrième et dernière au numéro de maman – le numéro *secret* de maman.

De temps à autre, mais pas souvent non plus, le quatrième bouton se met à clignoter, et dès lors maman court dans sa chambre dont elle referme aussitôt la porte.

La fille que j'étais et la femme que je suis se plongent dans les articles de presse de ces journées enneigées de février 1983. J'étais revenue de Paris depuis quelques semaines. Est-ce que je pensais à ce qui s'était passé ? Pas que je m'en souvienne. Beaucoup de choses s'embellissent avec le temps, il suffit de leur donner quelques heures ou quelques jours, voire quelques années. Les souvenirs de la neige, par exemple, comme l'indique le journal : « La tempête a laissé des scènes d'une beauté sauvage dans les rues des villes et sur les routes de banlieue. Les enfants grimpaient et dégringolaient sur des montagnes de neige qui avaient transformé des endroits familiers en décors d'émerveillement : la maison avait soudain une forme différente, les voitures et les bancs publics étaient devenus des bosses, les arbres étaient des visions gracieuses en noir et blanc. »

Je suis seule à la maison. Il doit être autour de midi, le silence règne tant à l'intérieur qu'à l'extérieur à cause de la neige. Les radiateurs sont poussés à fond dans l'appartement, je marche pieds nus de la cuisine jusque dans ma chambre, en passant par le couloir.

Je la vois d'ici : Karin, la fille qui était moi. Elle porte un tee-shirt kaki (The Clash Combat Rock Tour) qui lui tombe juste en dessous des fesses. Elle l'utilise parfois en guise de robe et, si elle sort, elle enfile d'épais collants noirs et de longues bottes également noires, le tout rehaussé d'une ceinture blanche autour de la taille.

Allô –

Elle décroche le téléphone et s'assied sur le lit.

A ne dit rien, elle sait quand même que c'est lui, elle reconnaît son rire qui n'a rien d'un rictus malveillant. A semble content d'entendre sa voix, pense-t-elle.

Tu t'es volatilisée, dit-il.

Je me suis *envolée.*

Tu n'aurais pas dû. On aurait pu trouver une solution.

Je ne sais pas, je voulais rentrer à la maison.

La maison, la maison… Comme une gamine. Mais ça ne doit pas forcément s'arrêter là, n'est-ce pas ?

Qu'est-ce que tu veux dire ?

On peut se revoir ?

Je n'en sais rien.

Tu peux venir ici. Je suis revenu à New York.

La fille regarde la neige.

En tout cas je ne peux pas venir aujourd'hui.

À cause de la tempête, tu veux dire ?

Je trouve ça bizarre qu'ils parlent de tempête. Ils ferment les écoles. Tout s'arrête. Chez moi, on n'aurait jamais appelé ça une tempête.

Il rit à voix basse.

Tu es originaire de Norvège, c'est ça ?

Oui, mais tu le sais parfaitement.

C'est ton chez-toi, la Norvège ? Ou bien c'est New York ?

Je ne sais pas. New York, peut-être.

Elle s'apprête à ajouter quelque chose à ce sujet, sur son chez-elle, mais il l'interrompt :

Tu me manques. Je veux qu'on se voie. Je veux que tu viennes chez moi. Ne dis pas non.

Il n'en dit pas plus, le silence s'installe.

OK, finit-elle par dire en se couchant sous la couette avec le combiné tout contre son oreille, dans ce cas je ne dis pas non.

Elle se remémore les serviettes blanches accrochées à la patère dans la salle de bains de l'appartement parisien, elle se revoit emmitouflée en elles, nue, d'abord dans une première, puis dans une seconde, et enfin dans une troisième, comme s'il s'agissait de bandages, et elle se revoit inerte sur le carrelage bleu.

Je te rappelle demain, dit-il. Peut-être que la tempête se sera calmée.

Il rit, se reprend.

Peut-être que la tempête qui n'est *pas* une tempête se sera calmée et que tu pourras prendre ton Perfecto, celui que tu avais la première fois que je t'ai vue dans l'ascenseur, sauter dans un bus et venir ici.

Un matin, trois mois et trois mille ans après que tu as surgi sous un orme du Torshovparken, je me suis allongée sur le sol de la salle de bains, sans la moindre intention de me relever. Après avoir envisagé ce que j'ai commencé à qualifier de la *situation* (la lévitation, la peur, les tremblements) et grâce à ton aide, j'avais compris que je n'étais plus en état de prendre une douche. Je *savais* comment on faisait. J'avais franchi (et continuais de les franchir sur le carrelage) toutes les étapes : *enlève ton peignoir, entre dans la cabine de douche, ouvre l'eau, savonne-toi le corps, rince-toi le corps, ferme l'eau, sors de la cabine de douche, essuie-toi avec la serviette blanche accrochée à la patère la plus à gauche*. Mais c'était impossible. Les tâches ne s'arrêtaient jamais. Après la douche : quid à présent ? Ça continuait. Nulle part où aller. Cela fait plusieurs semaines, plusieurs mois, que je n'ai pas répondu aux courriels, aux SMS. Mes amis me quittent. Je parle trop fort et trop en général ou pas du tout en particulier. Ce n'est pas ma voix. Je trahis. Je suis davantage toi que moi à l'heure actuelle.

J'écris que *j'étais* étendue sur le carrelage de la salle de bains, mais c'est faux, j'étais toujours (depuis le fameux jour dans la Vogts gate) en lévitation, je ne *flottais* certes qu'à quelques centimètres du sol, mais suffisamment pour que je ne le sente plus sous mes pieds, ni d'ailleurs les fondements sous mon corps ; mais à l'époque j'étais tellement épuisée – *vidée* serait sans doute un mot plus précis – que je me fichais éperdument de savoir si le mot juste était *épuisée* ou *vidée*, *étendue* ou *flottante*. Mon portable était dans ma poche de peignoir. J'ai cherché des psychologues susceptibles de m'accorder une séance dans la journée. De préférence dans l'heure. L'impatience est un trait de la terreur qui m'a étonnée. Plus j'étais molle, plus j'étais impatiente. C'était *physique* – la mollesse combinée à l'impatience – les grattements sur la figure, les trépidations dans les jambes, la panique.

J'en ai trouvé deux.

Deux psychologues, deux femmes.

Je les ai observées, l'une, puis l'autre.

En allait-il avec les psychologues comme avec les coiffeurs : s'ils pouvaient proposer une séance dans l'heure, ils n'étaient certainement pas très bons ? Je les ai examinées – leur visage déciderait de mon choix. Et peut-être aussi leur prénom. L'une s'appelait Marie, l'autre Marthe, comme les sœurs dans l'Évangile selon Luc, et des deux j'ai toujours préféré Marthe.

Marthe, Marthe.

Des yeux foncés, un regard chaleureux.

Un bon visage.

J'ai tapé mes informations sur la page Internet et j'ai réservé une séance. *Est-ce que vous pouvez m'aider ?* Je me suis relevée du sol (sans rencontrer la moindre difficulté), j'ai compté les pas qui me ramenaient dans la chambre à coucher, j'ai trouvé un pantalon de survêtement et un gros pull. Je ne me rappelle pas comment j'y suis allée. Comme je ne conduis pas, j'ai dû m'y rendre en bus, à moins que mon mari m'y ait emmenée.

Et donc on s'est retrouvées là, face à face, Marthe et moi.

J'ai dit : Je crois que je vais mourir.
Pourquoi ?
J'ai terriblement peur.
Nous allons tous mourir, a dit Marthe.
Et elle avait raison, bien sûr ; en revanche elle n'avait pas ce regard empreint de calme comme sur la photo. Son visage était totalement différent au naturel. Elle avait l'air inquiète, ou triste, ou seule, je ne sais pas. En tout cas il y avait un petit quelque chose. Elle m'a interrogée à propos de mon enfance. Je me suis mise à raconter. Elle s'est ranimée, a semblé intéressée, je me suis animée à mon tour, j'ai développé, les mots fusaient de ma bouche.
Ce sont des choses dont nous devons parler, a-t-elle dit.
Lesquelles ?
La relation avec votre mère, avec votre père, votre enfance.

La séance terminée, nous avons fixé un nouveau rendez-vous. Je l'ai remerciée à n'en plus finir, répétant encore et encore à quel point elle m'avait aidée. En rejoignant l'arrêt de bus, j'ai annulé le rendez-vous.

Sur le carrelage de la salle de bains.

Parmi les plus beaux vers du poème de Jane Kenyon sur la mélancolie – je n'arrive pas à en traduire un.

You taught me to exist without gratitude.

You ruined my manners toward God.

Le premier vers fonctionne bien :

Tu m'as appris à exister sans gratitude.

Mais l'autre, celui sur Dieu, je n'y arrive pas :

Tu as détruit mes manières envers Dieu.

Ce n'est pas assez bien.

Détruit ou *ruiné* ?

Manières ou *bonnes manières* ?

Envers ou *vis-à-vis de* ?

Ça ne marche pas.

Je sors mon portable de la poche de mon peignoir et envoie un texto à mon mari.

Est-ce que tu peux traduire *You ruined my manners toward God* ?

Ou est-ce que c'est intraduisible ?

Je reste étendue par terre jusqu'à ce que quelqu'un rentre à la maison.

Janvier 2020.
Les mensonges que tu me pousses à raconter :
j'écris un nouveau livre
je me lève tôt, je me douche, je m'habille
je suis hélas très occupée
je n'ai pas vu ton courriel
je n'ai pas entendu ce que tu viens de dire

Je l'entends moi-même, cette partie du cerveau qui continue de fonctionner ; j'entends leur ridicule à tous ces mensonges à ces peurs que tu trimballes, comme un chat avec des oiseaux à moitié mangés dans la gueule, *qu'est-ce qui déconne chez toi*, dit cette partie du cerveau qui a encore toute sa tête, *secoue-toi, et tu le tiens d'où d'abord*
que le rouge est une couleur vénéneuse
que tu es en lévitation
que quelque chose cloche dans tes tympans
que tu veux vivre mais que tu ne sais pas comment

Tout ça, en plus de ta peur, des peurs dont la force augmente tous les jours de façon exponentielle.

Mais tu aimes (tes enfants, ton petit-fils, ton mari, ton grand frère, tes sœurs, ta mère, tes amis, un nombre incalculable d'œuvres qui t'ont sauvé la vie… écrites, composées, peintes, tissées, photographiées, chorégraphiées, jouées, dansées… tu adores le parc derrière ta fenêtre avec ses arbres que tu comptes et recomptes ; tu adores une dizaine de fantômes, peut-être même plusieurs ; tu adores ton chien… et quantité de ces âmes… de ces œuvres… de ces arbres… peuvent témoigner des souffrances que tu es toujours loin de comprendre) et pourtant tu n'arrives pas à te secouer.

Février 2020.

Tu trottinais à côté de moi, tu t'entortillais autour de moi, tu t'enchevêtrais à l'intérieur de moi, nous partagions mes poumons, mes cordes vocales, mon cerveau, mon visage, nous étions moitié moi moitié toi. Je ne saurais dire avec certitude si mon voyage prévu à Teuva était le résultat de l'un de tes coups de tête ou bien de l'un des miens. Mais un coup de tête, ça l'était en tout cas. J'ai réservé un billet d'avion pour Helsinki. En consultant Internet, j'ai trouvé un itinéraire : train de Helsinki à Seinäjoki, bus de Seinäjoki à Teuva. Les noms de lieu aux consonances étrangères me faisaient vibrer. Cela faisait longtemps que quelque chose n'avait pas vibré en moi. J'ai continué à chercher. Teuva (dont le nombre d'habitants varie entre cinq et six mille selon les sources qu'on consulte) est une municipalité principalement finnophone, qui jouxte les communes de Karijoki, Kauhajoki, Kristiinankaupunki, Kurikka et Närpiö.

L'été 1953, Tove Jansson (qui était elle-même une voyageuse à travers le monde) a peint un autel de cinq mètres de long à même le mur de l'église de Teuva. Et c'est cet autel qui m'a donné envie de partir. Il représente les dix vierges de la parabole de l'Évangile selon Matthieu, leurs lampes, certaines allumées et d'autres éteintes, et enfin le marié somptueux.

Cinq sages et cinq folles – ou *mauvaises*, comme le mentionnent certaines traductions des Évangiles. Folles, mauvaises, et qui en plus ne sont pas prêtes. Ce sont elles qui arrivent trop tard aux noces, elles qui doivent frapper et cogner à la porte, elles qu'on ne laisse pas entrer, elles enfin qui sont contraintes d'entendre la phrase irrévocable : « Je ne vous connais pas. »

Dix filles graciles vêtues de robes longues blanches, grises, bleues ou parme. Les folles n'ont pas d'auréole alors que les sages en ont une. Un châle rouge gît à terre, comme une rivière, comme du sang, comme un beau pan de soie. J'ignore si ce rouge représente un avertissement ou un espoir. Peut-être les deux. Car les lampes des sages dégagent une lumière, tout comme une lumière se profile autour de la mariée qui s'approche.

Je trouve cet autel sur le Net tandis que j'écris le passage sur la rencontre entre la fille de seize ans et Claus, le professeur fiévreux, dans l'avion qui les emmène à Paris il y a si longtemps de cela. C'est une image belle et harmonieuse en apparence, malgré l'impitoyable parabole sur la fin du monde qui est le canevas de l'autel. Une vierge attire tout particulièrement mon regard, celle en robe ivoire, la plus proche du marié qui s'avance dans le tableau, qui sort du mur sur lequel il a été peint. Elle attire mon attention car sa nuque est légèrement inclinée en avant sous l'auréole – et même si je comprends que c'est vers la lampe et son halo qu'elle se penche, elle donne néanmoins l'impression d'embrasser quelqu'un d'autre : une personne sur le point de disparaître ou en passe de devenir. Elle me fait penser à toi et à moi. La vierge pose sa bouche sage et belle sur les lèvres de l'autre, l'attire vers elle, au cœur de l'auréole. Tove Jansson a placé cette étreinte (qui n'existe sans doute que dans mon imagination) devant une formation rocheuse escarpée qui pourrait tout aussi bien être la silhouette invisible du bord d'une robe ; et plus j'observe la peinture, plus l'invisible devient visible, et peut-être est-ce justement pour cette raison que je réserve mon billet : pour voir si elle… pour voir si tu existes.

Un jour, j'avais prévu un voyage au Nouveau-Mexique pour voir les montagnes rouge cuivré des peintures de Georgia O'Keeffe – parce que les paysages de O'Keeffe me rappelaient fortement mon père. Juste après sa mort, il est devenu muet pour moi et je cherchais des moyens d'abolir ce mutisme. Le voyage au Nouveau-Mexique n'a jamais eu lieu. Et l'église de Teuva – ce voyage non plus n'a jamais eu lieu. En mars 2020, le monde a fermé. L'église de Teuva a tenu un culte virtuel, en ligne, devant des bancs vides. J'y ai assisté. Le pasteur parlait en finnois. En arrière-plan, j'apercevais l'autel.

Et A a continué de téléphoner cet hiver-là, après notre retour de Paris.

Tu viens quand ?

passe après le lycée

je pense à toi tout le temps.

Et je suis frappée de constater, tandis que j'écris ces lignes, que c'est dorénavant moi qui pense à lui, tous les jours, tout le temps. Il ne le sait pas. Il ne sait pas qu'à Oslo, dans le quartier de Torshov, une femme déambule dans le parc, entre les ormes et les réverbères, sans cesser de penser à lui. Il ne se souvient certainement pas de son prénom, ni de sa peau, ni de ses mains. Il ne sait pas qu'encore une fois, après toutes ces années, il est nu – en position couchée, assise, debout – devant elle, et il est regardé.

Elle le regarde éveillé, elle le regarde endormi, elle le regarde quand il sourit, elle le regarde crier dans la pièce au moment où il jouit (il fermait les yeux, je gardais les miens ouverts), elle le regarde à nouveau, aujourd'hui, tant et tant d'années après, et elle le voit vieux, peut-être malade, âgé de quatre-vingt-trois ans.

Une nuit d'hiver de l'année 1983, une fille s'est perdue. Pour la retrouver – et c'était ça, le projet initial –, je devais le retrouver lui aussi. Je devais les retrouver ensemble, ne pas les laisser tranquilles. Pourquoi ? Parce que la fille ne *me* laisse pas tranquille. Regarde-moi, dit-elle, étendue sur le carrelage bleu de la salle de bains – nue, uniquement enveloppée d'une serviette blanche.

Toi toi toi. Même notre mère ignore que nous sommes deux. Tu es venue en automne, tu m'as attendue dans le parc, tu t'es enchevêtrée autour de moi, d'abord sous la forme d'une unique branche, puis peu à peu de branchages, puis peu à peu encore d'une vigne vierge qui se propageait en moi avec une passion dévorante, qui me crevait les yeux, la gorge, le ventre, la colonne vertébrale, qui grimpait en moi, descendait en moi, se déployait sur les côtés, tu prospérais jusqu'à devenir grande et puissante, jusqu'à ce qu'il y ait plus de toi que de moi, verte au printemps, rouge en automne, belle et vénéneuse.

Il existe – A existe – ses cheveux frisés existent – ses mains – sa langue – les phrases qu'il m'a lancées – *sale petite merdeuse névrosée* – tout existe dans l'alphabet que plus tard je nous ai fabriqué, à lui et à moi, au fil de ces longues années.

La tempête de neige s'est calmée à New York, mais cent feux ravagent le sud de l'Australie. Des températures estivales élevées, un vent fort et une pluie quasi absente ont des conséquences catastrophiques pour les forêts d'eucalyptus à Victoria. Le président Reagan a présenté un plan de paix pour le Moyen-Orient que l'OLP ne peut accepter. Nous sommes le 23 février 1983. Un article du *New York Times* informe qu'un nouveau télescope américain a découvert dans l'espace des « maternités cosmiques » où des nuages de gaz et de poussières interstellaires semblent être à différents stades de la naissance d'étoiles. Je me lève, je me douche, je me lave, je me sèche les cheveux, je les attache en queue-de-cheval sur le haut de ma tête, j'enfile une chemise d'homme blanche trop grande pour moi serrée à la taille par une ceinture noire, je mets des collants également noirs et mon Perfecto lui aussi trop grand pour moi (celui qu'il m'a demandé de mettre), et enfin des bottes noires. Il faut d'abord que j'aille au lycée. Je n'y ai pas mis les pieds depuis un certain temps. Je ne sais pas ce qui m'attend. Les yeux levés au ciel du professeur de français, peut-être ? Les professeurs envoient toujours plus de courriers, que j'intercepte et que je renvoie signés avant que maman ne les découvre. Ça fait longtemps que j'ai appris à imiter sa signature, lorsque j'étais enfant et que j'habitais encore en Norvège. Après les cours, je remonte vers le nord, à quelques pâtés de maisons du lycée et à quelques pâtés de maisons de Carnegie Hall.

Nous avons rendez-vous. Il a dit qu'il m'attendait.

L'objet du courriel est intitulé *Perdez la capacité de perdre les choses*, ce qui dans mes oreilles a des sonorités inquiétantes. Je reçois plusieurs fois par semaine des messages envoyés par des sociétés qui veulent me vendre quelque chose. Celle-ci s'est spécialisée dans la vente de matériel électronique. Je ne veux pas recevoir ces courriels. Je veux qu'ils disparaissent. Je veux que toutes les sociétés et tous les domaines qui m'envoient des choses que je n'ai pas demandées perdent mes coordonnées, me perdent moi. J'ai cliqué à maintes reprises sur *Se désinscrire*, mais ça ne marche pas. Chaque jour ou presque, je reçois de nouveaux courriels. Cette fois-ci, il s'agit de la vente d'un ustensile supposé permettre de trouver plus facilement ce que l'on a tendance à perdre : les clés, les lunettes, etc. À l'aide d'une application installée sur le portable, il sera possible de retrouver ces objets chaque fois qu'ils disparaîtront. À la condition (je pense) qu'on n'ait pas perdu son portable. Le but est apparemment (je crois) d'abolir la *recherche* de ses activités.

J'ai eu beau chercher, je ne sais pas d'où vient la folie. Depuis que tu as surgi en septembre il y a presque deux ans, j'ai essayé de trouver la raison de ta venue. C'est ce que font les vivants : ils voient, ils se souviennent, ils comprennent, ils tirent un trait, ils racontent une histoire.

Tu es venue comme une passion, tu as pris une place considérable et tu as exigé toute mon attention, tu t'es disséminée autour de moi et à l'intérieur de moi. Tu ne ressemblais ni à un souvenir ni à une histoire. Je me suis abandonnée à toi.

Dans sa nouvelle *Funes ou la Mémoire*, Borges décrit un homme, un certain Ireneo Funes, qui après une chute de cheval est victime d'une commotion cérébrale qui le rend capable de se souvenir de tout ce qu'il a vécu. C'est effroyable. Pire que tout ce dont j'ai pu faire l'expérience, car je suis quelqu'un qui oublie et écrit, qui doit s'aider de l'imagination et du désir. Qu'est-il arrivé à la fille à Paris, comment cela a-t-il agi en elle et continue d'agir en moi ?

Après sa chute de cheval, Ireneo Funes a tout bonnement perdu la capacité d'oublier : s'oublier lui-même, oublier ses jours, oublier tout ce qu'il a vu, entendu et vécu. Borges dépeint la lueur terrifiante qui entoure son personnage principal et, bien qu'Ireneo Funes n'ait que dix-neuf ans, il paraît « monumental comme le bronze, plus ancien que l'Égypte, antérieur aux prophéties et aux pyramides ».

Borges décrit en détail – le monde riche en souvenirs de Funes est surchargé de détails – ce que signifie avoir une mémoire parfaite sans la moindre possibilité de trouver refuge (que ce soit un havre ou un halo) dans l'imaginaire associatif et linguistique de l'oubli.

Et de nouveau, cette idée de causalité dont je ne sais même pas si je dois y croire mais à laquelle je m'adapte pourtant, presque contre mon gré. Faut-il chercher dans la folie une origine héréditaire ? Ai-je par exemple hérité des dépressions de mon père, de son angoisse et de sa colère ? Auquel cas il me manque aussi la capacité de perdre ce qui autrefois ne m'appartenait pas ?

Au printemps 1965, un an et demi avant ma naissance, mon père a été interné dans le service psychiatrique de la clinique Sophiahemmet à Stockholm.

Il était terrorisé à l'idée de perdre : perdre la raison, perdre ses capacités, perdre la santé, perdre l'envie, perdre le langage, perdre ses forces, perdre le contrôle, perdre les lignes qu'il avait tracées. Tout ce qu'il avait préparé avec tant de minutie et force détails.

Il est mentionné dans son journal intime, à la date du 29 avril 1965 :

« Voici les résolutions que je dois maintenant tenir. Dans la mesure du possible.

- Petit déjeuner à sept heures et demie avec les autres patients.
- Se laver immédiatement après et faire une promenade matinale.
- Ni journaux ni revues durant ces moments.
- Aucun contact, d'aucune sorte, avec le théâtre.

• Refuser les lettres, les télégrammes, les communications téléphoniques.

• Les visites à la maison sont autorisées, uniquement le soir.

• Certaines séances de cinéma et certains programmes de télévision sont autorisés.

Je sens qu'approche l'heure du grand combat décisif, que je ne peux plus repousser davantage. »

Mon père m'a toujours dit que je devais consigner les choses, sans quoi j'allais perdre – oublier – l'important. Après mon divorce, cela remonte à de nombreuses années, je me suis installée avec mon fils Ola dans un appartement du quartier de Majorstuen, à Oslo. Ola avait six ans, j'en avais vingt-neuf. Je me souviens d'avoir essayé de ranger le plus de cartons possible dans le grenier de mon nouveau logement. Et c'est là, dans le cadre de ce divorce et du déménagement, que j'ai vu pour la dernière fois le bloc-notes blanc aux couvertures rigides entre les pages duquel j'avais inséré la photographie – celle que A a prise de moi à l'époque. Durant cette période, j'écrivais mon journal, je noircissais les pages de choses quotidiennes, de livres que je lisais (*Le Mur invisible* de Marlen Haushofer ; *La Trentième Année* d'Ingeborg Bachmann, parce que j'allais bientôt avoir trente ans et que je me sentais sidérée, ou peut-être plutôt bouleversée, par ce que Bachmann décrit comme « rayons lumineux ardents »).

Je prenais aussi des notes pour le roman que j'étais en train d'écrire : *Deux sœurs, l'une s'en sort, l'autre pas.* Je citais les livres que j'aimais, je copiais des mots trouvés dans les dictionnaires et les encyclopédies, ce que je faisais déjà enfant et fais toujours. Il m'arrive parfois de griffonner quelque chose de nouveau dans l'un de mes vieux journaux intimes, une annotation, une précision, une information complémentaire.

Je ne trouve rien dans mes journaux au sujet de la photo que A a prise de moi et que j'ai retrouvée à l'époque où je venais juste de divorcer, pas un mot sur ce que je suis restée un moment à regarder, ni sur ce que j'ai pensé de ce qui s'est déroulé au cours de cet hiver 1983.

De mon journal 1996/2000

« Un lac salé »

Dépression

Du lat. *depressio* (« enfoncement »), de *depressus*, p. p. de *deprimere* « presser de haut en bas ».

Géographie : affaissement ou enfoncement.

Physique : abaissement du point de congélation.

Météorologie : zone de basse pression atmosphérique.

Astronomie : profondeur en degrés des corps célestes sous l'horizon, mesurée le long d'un cercle vertical.

Artillerie : angle entre la direction d'un canon et le plan horizontal lorsque le canon est pointé plus bas que celui-ci.

Médecine : baisse d'humeur, surtout en tant que trouble, maladie.

Géologie : partie de la surface du sol se trouvant plus bas que le niveau de la mer – ex. : « au fond de la dépression se trouve un lac salé ».

Je n'ai pas gardé grand-chose de l'année de mes seize ans, je ne tenais pas mon journal à cette époque, j'ai quelques photos, quelques lettres, mais rien qui soit susceptible de jeter une nouvelle lumière sur ce que j'écris ici. J'ai longtemps espéré faire une découverte, une annotation dans mon journal par exemple, qui m'aiderait, qui me ferait dire : *Ça y est, maintenant tout me revient en mémoire*. Longtemps, l'oubli m'est apparu comme une grande draperie ou un tapis tissé – bleu, rouge, blanc et peut-être vert. J'imaginais qu'en mobilisant toute mon attention je finirais par trouver un bon moyen – ou un bon moyen finirait par me trouver – afin d'écarter le tapis, de l'enlever, de l'arracher : *Bien sûr, c'est comme ça.* Mais la fille de 1983 s'emmitoufle dans toutes sortes d'étoffes et refuse que j'accède à elle. Un soir où le chien et moi nous promenions dans le Torshovparken, où nous marchions en long, en large et en travers, j'ai repensé aux photos imprimées dans le *yearbook* de 1984 que j'avais visionnées tout l'après-midi. Je me suis dit que je n'arrivais pas à me souvenir de

Monsieur O, quoi que je m'acharne à étudier son visage, penchée sur son portrait.

J'avais aussi regardé la photo de moi en élève de dernière année de lycée, une fille de dix-sept ans, fortement maquillée, avec un tee-shirt noir et un pantalon noir.

Les jours, les mois après mon retour de Paris se profilent dans ma mémoire comme une poignée d'étoiles dispersées dans le ciel. Mes souvenirs n'en sont que parcellaires, le reste n'est qu'oubli. Rien n'est une histoire. Je trace une ligne d'une étoile à l'autre, puis à la troisième et ainsi de suite, jusqu'à ce que je visualise l'Hexagone d'hiver, également appelé le Cercle d'hiver. Ça n'est certes pas la même chose que se souvenir, mais ça y ressemble. Quand on se perd, il s'avère en fin de compte qu'on a tourné en rond. En montagne, notamment. Au lieu d'aller tout droit, comme on croyait l'avoir fait, on finit par retomber sur ses pas : on a marché d'un point à l'autre et on a terminé là où on a commencé. Ce qui est aussi une façon d'écrire.

Ce dont je me souviens, c'est que –

Ce dont je me souviens, c'est que A téléphonait tout le temps après que nous étions tous les deux rentrés de Paris. Je me souviens de Claude. Je me souviens que mon premier petit copain, celui que je surnomme Eirik, est venu me voir à New York. Le lendemain où nous sommes sortis ensemble, j'ai été victime d'une brûlure au second degré après être restée trop longtemps au soleil. Les marques sur ma poitrine ressurgissent à intervalles réguliers, pareilles à des empreintes de main ou de pied.

Eirik avait pris une chambre dans un petit hôtel non loin de l'appartement de maman dans la 81e rue Ouest. Nous nous étions écrit. Je n'ai plus les lettres. *Étions-nous toujours amoureux l'un de l'autre ?*

En février 1983, après que Maxine a vu ce qu'elle n'aurait pas dû voir, elle m'a signifié qu'on ne pourrait dorénavant plus rien faire pour moi, ni elle ni quelqu'un d'autre. Aucun photographe n'avait envie de travailler avec moi. J'étais finie, comme mannequin. J'étais la fille qui s'était enfuie de Paris. J'étais la fille qui avait fait le mauvais choix. Maxine n'a pas dit du tac au tac que c'était ma faute, que tout, absolument tout, était ma faute, mais j'ai compris que ça l'était et que ça avait à voir avec la honte. Ou justement avec l'absence de honte. *Éhonté*, voilà l'adjectif qu'elle a employé, du moins je crois. La sensation éprouvée était en tout cas de la honte. Je me suis mise à sortir le soir.

Quand Eirik est arrivé – dix-neuf ans, mince, de longs cheveux blonds –, je l'ai emmené avec moi. Je buvais plus que lui, je dansais plus que lui, je parlais plus que lui.

Il a dit : Tu as changé.

Oui, forcément.

Il a dit : Non, je veux dire… ton visage.

Il ne parlait pas bien anglais et, alors que pourtant il me le demandait, je ne traduisais pas toujours ce que les autres disaient. Il était en plein décalage horaire. J'ai dit *fait chier*. On était en mai. Le père d'Eirik lui avait vivement conseillé d'aller voir les cerisiers en fleur dans

Central Park. J'ai dit qu'on pouvait y aller, mais la visite est tombée à l'eau.

Un soir nous étions en voiture avec un homme, une vague connaissance. Cet homme n'a aucune importance. Je me souviens de lui, mais je préférerais mille fois l'avoir oublié. Nous avions prévu de nous retrouver en ville pour que je puisse lui rendre le Perfecto que je lui avais emprunté depuis longtemps. Il était beaucoup plus vieux que moi, plus vieux aussi qu'Eirik, mais plus jeune que A. Eirik avait pris place sur la banquette arrière, j'étais sur le siège passager. L'homme a dit – non, je ne me souviens pas de ce qu'il a dit –, mais il était question de déposer *le garçon à l'arrière* devant son hôtel et d'aller continuer à boire chez lui. J'ai acquiescé en riant. Eirik a dit quelque chose en norvégien. Je ne me suis pas retournée. Nous avons remonté la 10e Avenue. J'ai monté le son de la radio. *Let's Dance* retentissait à travers les vitres ouvertes. J'agitais les bras en rythme avec la musique.

J'ai vu Bowie à Toronto il y a quelques semaines, a dit l'homme en appuyant sur la pédale d'accélérateur.

J'ai allumé une cigarette en riant encore. Il m'a dit que je n'avais pas besoin de lui rendre son blouson. Eirik a redit quelque chose en norvégien. *Tu entends ce que je te dis ?* a-t-il demandé. Le feu est passé au rouge. En attendant qu'il repasse au vert, l'homme s'est penché sur moi et m'a embrassée. Sa bouche était molle, humide, et puait l'alcool. Sur la banquette arrière, Eirik ne disait plus rien. Le Perfecto a grincé quand je me suis rapprochée de l'homme.

Je repense aujourd'hui à ces années 1982-1984 comme à un seul et même interminable hiver blanc, formé toutefois d'une trame avec d'autres saisons et d'autres couleurs. Je feuillette le *yearbook* et me surprends à repenser à tous ceux dont je me souviens mais dont je ne trouve pas la photo, ceux qui sont partis, qui ont disparu, vivants ou morts. Eirik est rentré en Norvège avant le retour prévu initialement.

Il a dit : Je rentre à la maison.

J'ai dit : OK.

Un jour, quelques mois plus tard, ça devait être au cours de l'automne 1983, j'ai aperçu A à l'angle de la 57e Rue et de la 7e Avenue. Il parlait avec une femme de grande taille, à la peau mate. Elle était nettement plus grande que lui. Il y avait du vent. Des gens du monde entier venaient voir le feuillage rutilant de Central Park. Je me suis emmitouflée dans mon blouson. *S'il lève la tête et regarde de l'autre côté de la rue, il va me voir.* A a posé un bras autour de la taille de la femme, ils se sont dirigés vers le bas de la 57e Rue, puis se sont éclipsés dans un restaurant.

John, comme je le surnommerai, est l'un des élèves absents du *yearbook* mais qui fréquentaient le lycée en même temps que moi. J'ai beau feuilleter les pages, je ne trouve aucune photo de lui. Je ne l'ai rencontré qu'une fois, à la cafétéria du lycée. Cela faisait plus d'un an depuis mon retour de Paris, plus d'un an depuis le coup de fil de A qui me demandait de venir le voir, plus d'un an depuis que j'avais croisé Claude pour la dernière fois dans le studio de A, et très exactement un an depuis qu'Eirik était venu à New York puis reparti quelques jours plus tard.

Mon trimestre du printemps 1984 en terminale allait être le dernier avant que je n'entre à l'université. Les jours où j'allais en cours, un peu plus souvent que l'année précédente, le nom de John, le garçon disparu, était sur toutes les bouches, dans les couloirs, dans les salles de classe avant l'arrivée des professeurs ; tout le monde parlait de lui, mais à voix basse, en marmonnant. Je me souviens de sa frange courte et foncée, de sa taille, de ses bras longs et minces, de sa démarche droite. Le jour où j'ai fait sa connaissance dans la cafétéria du lycée, il déroulait délicatement un poster qu'il venait d'acheter à la boutique de danse du Lincoln Center et qu'il voulait me montrer – qu'il voulait montrer à *quelqu'un*, et ça a été moi, puisque le hasard voulait que je me trouve là.

Fais attention à nos muffins, a-t-il dit en étalant le poster sur une table.

L'après-midi tirait sur sa fin, la cafétéria était quasiment désertée par les élèves et sur le point de fermer. Nous avions tous les deux acheté un muffin aux myrtilles et un café noir, il voulait absolument protéger son trésor tout juste acheté d'éventuelles traces de doigts et taches de café.

L'affiche représentait la danseuse Judith Jamison, toute de blanc vêtue, dans un solo intitulé *Cry* et chorégraphié par Alvin Ailey une petite décennie plus tôt ; une œuvre en trois parties, m'expliquait John, qui constitue ce qu'un corps féminin peut accomplir de plus éprouvant dans le domaine de la danse, un voyage à travers les adversités, tant politiques que sociales, à travers le chagrin et l'extase. Judith Jamison, cette femme musclée de presque un mètre quatre-vingts m'a coupé le souffle quand je l'ai vue sur scène, a-t-il dit.

C'est à cause d'elle que je suis venu à New York pour devenir danseur.

Il me suffit de fermer les yeux et de l'imaginer, a-t-il dit, tout en blanc, puissante, pour recréer le courage – je crois que c'est le mot qu'il a employé en se penchant sur le poster –, le courage de ses mouvements. *Cry* parle des femmes, a-t-il dit avec un sourire prudent, pourtant, quand j'ai grandi à Philadelphie, j'étais persuadé que la performance parlait aussi de moi, même si j'étais un garçon.

Si je me souviens de ce moment avec une telle exactitude, c'est parce que je possède moi-même cette image aujourd'hui : le poster de Judith Jamison toute de blanc vêtue est accroché dans le couloir étroit de l'appartement que je partage avec mon mari, Eva et le chien noir, face à celui que j'ai hérité de mon père et qui représente Pina Bausch – toute de blanc vêtue elle aussi.

Cette image m'a sauvé la vie quand j'étais enfant, a dit John.

Parce que nous ne sommes plus des enfants ? ai-je demandé, plutôt sur le ton de la plaisanterie, mais John a secoué la tête.

Tu es folle ou quoi ! Tu as dix-sept ans, n'est-ce pas ? Moi j'ai seize ans. Nous ne sommes plus des enfants depuis l'âge de douze ans.

Mais comment cette image t'a sauvé la vie ? ai-je demandé.

Judith Jamison est tellement vivante, tellement *possible*, si tu vois ce que je veux dire.

Il m'a ensuite demandé où je me sentais le plus chez moi, à Oslo ou à New York.

Je ne sais pas trop.

Mais tu rêves en quelle langue ?

Je ne sais pas non plus.

Tu appartiens à la langue dans laquelle tu rêves.

Il a farfouillé dans son sac de gym, en a sorti son pantalon d'échauffement qu'il a posé sur la table de la cafétéria, suspensoir, chaussons noirs, justaucorps, collants, chaussettes, bandeau, bouteille d'eau, bandages pour les pieds, balle de massage, pull, il a posé le tout sur la table, et il a enfin trouvé ce qu'il cherchait : une autre image (et celle-ci était encadrée), d'un gros chien blanc.

Il est plus grand que mon appartement ici, a-t-il dit. Un chien à New York, c'est une impossibilité en soi. En tout cas ce chien-là.

Nous sommes restés longtemps ainsi, penchés sur la photo du chien.

Mon chien est aussi grand qu'un arbre, a-t-il précisé en faisant un mouvement avec les bras comme pour mimer des arbres, un bois de bouleaux blancs.

Un jour il a disparu. Et peut-être est-ce pour cela que je me souviens de lui avec une telle netteté. Au cours du printemps, on a dit que John avait contracté la maladie du baiser, qu'il ne venait plus au lycée à cause de ça, puis on a dit qu'il était atteint d'une pneumonie, puis qu'il était reparti à Philadelphie. Fin mai début juin, j'ai surpris la documentaliste (celle-là même qui trois ans avant m'avait trouvé les photos de Twiggy) en train de dire à une professeure que John avait développé le sida. C'est maintenant que ça commence, a-t-elle déclaré, et ça n'en finira jamais.

J'ai emprunté à maman sa maison d'été afin de pouvoir écrire. Dans sa bibliothèque en pin surchargée de bouquins, je trouve un exemplaire du *Conte de deux cités*, dont la couverture reproduit le dessin au crayon d'un prisonnier grelottant et famélique. Maman a écrit dans le livre, des notules dans la marge, des points d'exclamation et des zigouigouis. Elle a souligné au feutre noir la phrase suivante : *J'ai entendu le murmure de voix anciennes que je croyais à jamais silencieuses.*

Accrochés dans un cadre au mur lambrissé du salon par leurs petits clous respectifs, des portraits en noir et blanc montrent les membres décédés de la famille de maman : des femmes aux robes boutonnées, des hommes en uniforme et, cachée parmi eux, une photo de maman alors qu'elle était encore une petite fille.

La photographie a été prise juste après la guerre. Maman a peut-être neuf ans. Elle se tient tout contre sa mère, laquelle (ma grand-mère) est au milieu tandis que la sœur de maman, l'aînée des deux, est de l'autre côté.

Sur la photo, mamie est une jeune femme d'environ trente-cinq ans.

Je retire la photo du cadre pour vérifier si une inscription figure au verso. Je ne trouve ni le nom du photographe ni l'année où elle a été prise, mais je table sur 1947 ou 1948. Je suis désemparée, presque effrayée, en voyant le sourire de la jeune femme (ma grand-mère) et des deux filles (maman et sa sœur), car il est possible de lire ces sourires comme des rictus brutalement forcés, détériorés dans leur raideur et leur bonheur supposé – ou pas le bonheur, peut-être, mais un signal envoyé à autrui, un signe, une manifestation, un bonjour, un cri, une explication, une déclaration pour dire que tout va bien. La guerre est terminée. Grand-père est mort. Les finances sont fragiles. La santé de grand-mère n'est pas excellente, on lui diagnostiquera bientôt une tuberculose et elle sera internée au sanatorium de Ringvål. Mais pas question pour nous d'avoir sur la photo ne serait-ce qu'une part de tout ça. Nous tirons un trait sur tout ce qui fait mal. Tout ce qui a été et tout ce qui va venir. Tout va bien, et tout ira bien.

Je pose une main sur le visage de la sœur de maman pour voir si je peux décrypter une intimité entre maman et sa mère : maman se tient tout contre elle, se peut-il qu'elle s'appuie un peu ? Le sourire de maman semble plus anxieux que celui des autres. Je les observe toutes les trois de nouveau. Deux filles et une femme photographiées à hauteur de buste. La femme (mamie) est mignonne, mais elle n'est en aucune façon singulière, un peu anonyme peut-être ; elle porte un pull avec un col en V ainsi qu'un collier de perles autour du cou. En cette année 1947 ou 1948, la jeune veuve et ses deux jeunes enfants sont prises en photo et suivent à la lettre les consignes du photographe : sourire, ne pas cligner des yeux. Quand la photo sera encadrée et accrochée au mur du deux-pièces minuscule de l'immeuble Forsikringsråden à Trondheim, les visiteurs diront que c'est une belle photo, toutes les trois avec un carré court ondulé, comme le veut la mode de cette époque, maman et sa sœur vêtues d'un corsage et d'une robe chasuble identique. Celui de maman, blanc avec un nœud dans le cou, lui a sûrement été donné après que sa sœur ne pouvait plus le mettre, il est un peu moins apprêté que le nouveau corsage de sa sœur avec des fleurs brodées sur le col.

Le chien et moi marchons le long du champ vert clair, je parle avec maman au téléphone, j'entends son souffle à l'autre bout du fil.

C'est merveilleux, dit-elle.

Quoi ?

C'est merveilleux qu'on puisse chercher les personnes mortes sur Internet et trouver ce qui leur est arrivé.

Le lendemain, le chien est couché sur le plancher. Je suis assise à la grande table en pin.

Maman téléphone. Elle me demande de chercher un nom qui lui est revenu dans un demi-sommeil.

Peut-être que je l'ai rêvé, dit-elle.

Je quitte le document qui m'occupe et tape le nom dans le moteur de recherche. J'indique à maman que l'homme dont elle a rêvé dans son demi-sommeil existe en réalité. Ou plutôt, a existé.

Il est mort, dis-je. Il est mort dans les années 1970.

Il s'appelait *Helge Sol* – c'est-à-dire : il avait un tout autre nom, mais je le surnommerai ainsi dans ces pages. Le médecin-chef Helge Sol, grand, mince, pâle, résidant à Trondheim.

Je trouve une photo de lui sur le Net et l'envoie à maman via le système compliqué que nous avons élaboré ensemble et qui combine courriel et fax.

On a le droit de ne pas pardonner aux morts ? demande-t-elle.

Je ne sais pas. Je crois.

L'image est floue sur le fax, fantomatique, mais je le reconnais.

C'est lui !

Je la vois d'ici, dans sa grande maison du Massachusetts, à Gloucester. Elle a pris place à la table de la cuisine, avec l'érable rouge dehors, elle l'entend, il est toujours là, son bruissement, le vent, les feuilles, elle est assise sur une chaise, avec le fax flou devant elle.

Maman était autrefois une petite fille de neuf ou dix ans qui avait peur d'aller à l'école. Un jour, elle a fini par rester couchée en disant à sa mère qu'elle avait mal au ventre. Celle-ci (mamie avec ses robes coquettes et ses cheveux gris coupés court) a feint de croire sa fille, elle a feint d'avoir pitié d'elle – Mon adorable petite chérie, a-t-elle dit. Mais donc au lieu de la croire pour de vrai ou de lui demander ce qui n'allait pas, elle a téléphoné au médecin, le grand, pâle et maigre médecin-chef Helge Sol, qu'elle connaissait un peu, qu'elle connaissait peut-être même très bien, qu'elle a invité à venir chez elle, qu'elle a conduit dans la chambre d'enfant.

Bonjour, a dit le médecin,

bonjour, a dit maman,

et là il a dit : Alors comme ça tu es malade ?

Oui, a répondu maman en tirant la couette jusqu'à son menton pour soustraire au regard du médecin sa cage thoracique si mince.

Certains jours étaient meilleurs que d'autres et, dans les bons jours, maman trouvait à s'amuser sur sa cage thoracique, comme si ses côtes étaient les cordes d'un instrument, cependant qu'elle chantait *Oh, Susanna, don't you cry for me* ; elle récitait de tête *La Petite Fille aux allumettes* et faisait fondre en larmes tous ceux qui l'écoutaient, elle dévalait les rues de la ville sur son vélo rouge, un pied sur la selle et un autre en l'air – mais aujourd'hui, en cette journée d'hiver de, disons, 1948, elle se cache sous sa couette. Elle lance un regard implorant à sa mère au moment où Helge Sol lui demande de se lever et de s'habiller. Mais elle a beau lui lancer un regard implorant, sa mère s'est déjà retournée. Elle doit se lever tandis que le médecin ne la quitte pas des yeux. Elle doit retirer sa chemise de nuit blanche, elle doit se dénuder, pieds nus sur le plancher froid, tandis qu'il la capture du regard, vingt-quatre côtes, des seins en forme de piqûre de bourdon. Elle doit, oui, elle doit, elle doit marcher sur le plancher, aller jusqu'à l'armoire pour prendre sa robe, accompagner Helge Sol à l'hôpital – et là – là, à l'hôpital, le Dr Helge Sol ordonne son internement dans le service des *enfants très malades*, en guise de punition, dit-elle : Parce que j'ai menti et que j'ai dit que je ne pouvais pas aller à l'école.

Maman me parle de sa sœur. Celle aux fleurs sur le col.

On était dans un lit superposé, moi j'étais en haut et ma sœur en bas. Et, bien avant que ma sœur ne se mette à sortir le soir, bien avant qu'on ne diagnostique une tuberculose à ma mère et qu'on l'admette dans le sanatorium de Ringvål, bien avant qu'elle ne rentre à la maison après avoir quitté Ringvål et ne se mette elle aussi à sortir le soir, bien avant que je reste seule sur mon lit superposé dans l'appartement vide de Forsikringsråden, avec chevillée au corps cette peur du noir, cette peur de la solitude, la peur, la peur, la peur, bien avant que je ne sois internée dans le service des enfants très malades en guise de punition pour avoir menti, bien avant tout ça, ma sœur et moi chantions tous les soirs l'une pour l'autre avant de nous endormir.

Maman fredonne :

Nul n'est plus à l'abri du danger
que les enfants gîtés auprès de Dieu,
pas d'oiseau caché sous les feuilles,
pas d'étoile surplombant la poussière.

La chanson a six couplets, dit maman, mais dès qu'on arrivait au quatrième on éclatait toujours de rire parce qu'on ne pouvait s'empêcher d'imaginer Dieu en train de compter tous les cheveux de tous les enfants du monde entier, le moindre petit cheveu, on imaginait à combien il arrivait et combien de temps il lui fallait avant qu'il puisse enfin commencer à compter les larmes, si bien qu'au bout d'un moment, dit maman, on a fini par chanter uniquement le quatrième couplet.

Il compte chacun de nos cheveux,
Il sèche chacune de nos larmes.
Il nous nourrit et nous habille,
Il nous ravit dans notre chagrin.

Et puis c'est moi qui suis une petite fille allongée à côté de maman dans son lit.

Ça fait longtemps depuis 1948.

Et ça fait longtemps avant 1983. Huit, neuf, dix ou peut-être onze ans.

C'est le soir, bientôt la nuit.

Maman fredonne :

Il compte chacun de nos cheveux,
Il sèche chacune de nos larmes.
Il nous nourrit et nous habille,
Il nous ravit dans notre chagrin.

Maman passe une main dans mes cheveux.

Et maintenant il ne reste plus que toi et moi dans le monde entier, dit-elle.

L'histoire de maman et la mienne sont tellement entrelacées d'oubli et d'amour que je suis obligée de nous réinventer.

Paris, janvier 1983 : j'ai pris place dans le fauteuil de maquillage. Une fille se tient sur le seuil de la porte. Elle s'apprête à entrer dans le grand studio photo lumineux aux allures de bunker. Elle est vêtue d'un bonnet et d'un manteau. Je ne porte moi-même ni manteau ni bonnet aujourd'hui. Cela fait plus de vingt-quatre heures que je suis à Paris et tant le bonnet (le rouge) que le manteau (le bleu) sont restés pliés sur une chaise de l'appartement vide de A. Les lumières y sont éteintes, la grande pièce – la petite table, les deux chaises, la chaîne stéréo, le meuble de bar, la bibliothèque, le lit non fait aux draps blancs – n'est éclairée que par le soleil d'hiver qui brille à travers les grandes fenêtres.

La fille qui va entrer dans le studio, le bunker, a le même âge que moi ou alors elle n'a peut-être qu'un an de moins.

Quand on a seize ans, comme moi à cette époque, *l'âge* est ce qu'on essaie de trouver en premier chez la personne de la même génération dont on fait la connaissance.

Tu es née en quelle année, en 66, 67 ou 65 ?

La fille sur le seuil n'a même pas le temps d'entrer que Claude se met à hurler. Stop, stop, stop. Tu rentres pas ici. *Tu te crois où, putain ?*

Je ne me doutais pas que, presque quarante ans plus tard, j'entendrai encore s'insinuer dans mes tympans la voix de Claude, éraillée, sournoise, comme si non seulement ses cheveux mais aussi sa voix était passée à la brillantine.

Vite vite vite

Tu te crois où, putain ?

Tu rentres pas ici.

Elle pue le sexe.

Non, je remarque à peine la présence de Claude, cet homme petit et gras aux poches intérieures de veste remplies de montres, alors que je suis assise sur une chaise haute devant des miroirs, sous un éclairage cru, et suis maquillée par un garçon dans la vingtaine. Il prend un gros pinceau, le trempe dans un petit pot et commence à s'occuper de mon visage.

On fait d'abord un écran blanc, dit-il, et là la transformation peut se produire.

Tu as quel âge ? Tu viens juste d'avoir seize ans ? Tu fais plus jeune.

Il dit : Le but, c'est que tu aies l'air d'une fille de vingt ans qui a l'air d'une fille de quatorze ou quinze ans.

J'aimerais bien qu'on devienne amis. Est-ce que je peux le lui dire ? On aurait pu sortir le soir, prendre un verre à une terrasse de café, s'asseoir sur un banc ou dans un parc, regarder les passants, inventer des histoires à propos d'eux.

Ils rêvent de rapt d'enfants, mais un rapt légal, dit-il non sans un mouvement en direction de A et de Claude et des autres, les assistants et les rédacteurs qui vibrionnent dans le bunker aujourd'hui comme hier. Ce ne sont pas les mêmes que la veille, mais ils se comportent de la même manière.

Le garçon mélange les couleurs sur une palette et, au moment où la musique retentit dans la pièce, il se met à chanter tout en nous regardant dans le miroir.

Tu aimes ce disque ? demande-t-il en criant.

J'acquiesce et fredonne *Here comes the…*

Non, non, ne bouge pas, m'interrompt-il en riant. Ne chante pas, ne bouge pas les lèvres, sinon je ne peux pas te maquiller.

Pardon, dis-je avant de refermer aussitôt la bouche.

Le garçon continue de chanter.

Here comes the mirror man
Says he's a people fan

La journée d'hier n'a rien à voir avec celle d'aujourd'hui. La journée d'hier, j'étais camouflée dans un coin avec une assiette en carton pleine de nourriture que je n'ai pas réussi à manger correctement. La journée d'hier, je bloquais le passage et n'étais jamais près de ce dont je suis aujourd'hui si près.

Je t'ai vue hier, dit le garçon qui me maquille.

Il se penche en avant, fronce les sourcils, croise mon regard dans la glace.

Je hausse les épaules.

Je réponds : Je suis juste passée en vitesse.

Je ne dis pas qu'hier je suis venue au studio avec Claude, je ne dis pas qu'hier je suis restée dans mon coin et que je bloquais le passage, je ne dis pas qu'hier j'avais faim, je ne dis pas qu'hier j'étais ivre après avoir bu du gin tonic en ayant le ventre vide, je ne dis pas qu'hier j'ai arpenté les rues avec un bout de papier à la main, que tout ce que je voulais c'était retrouver mon hôtel et téléphoner à maman, lui dire que tout va bien, tout va très bien. Je ne dis pas qu'hier ou plutôt aujourd'hui de bonne heure, à trois heures du matin, je montais les marches pour rejoindre dans le noir l'appartement de A.

Non, la journée d'hier n'a rien à voir avec celle d'aujourd'hui.

Aujourd'hui, ça fait plus de vingt heures que je suis à Paris. Aujourd'hui, A va me prendre en photo. Aujourd'hui, je me suis réveillée à côté de A, dans les draps blancs de A, nauséeuse, désorientée, endolorie dans tout le corps.

Mais pas aussi perdue que la veille, a dit quelqu'un, et c'était peut-être toi.

Qu'est-ce que tu as fait quand tu t'es réveillée à côté de A ?

Ce que j'ai fait ?

Je me suis assise dans le lit, enroulée dans le drap. A dormait toujours bouche ouverte, de la bave avait coulé sur son menton, il respirait profondément. Je me suis penchée sur le visage assoupi. Le soleil d'hiver brillait par la fenêtre, des rais de lumière dégoulinaient sur lui. Ses boucles foncées étaient mates sur l'oreiller blanc, la bouche ouverte était flasque et le nez étroit, mou, constellé de petits points rouges que je n'avais pas remarqués jusque-là. Il était couché bien droit dans son lit, nu sous sa couverture, pendant que j'étais assise à califourchon sur lui, enveloppée de blanc. Ses jambes minces et poilues, sa queue aussi ramollie qu'un escargot sans sa coquille, son ventre bedonnant qu'il ne retenait pas maintenant qu'il dormait, le cou ridé.

Est-ce que je peux le regarder en silence ?

Bien sûr que oui.

Je ricane à voix basse.

Ce qu'il est laid comme ça, étendu, endormi, sans se savoir observé, si vieux, si fourbu, si *dépourvu.*

Fuck, dit-il.

Il a l'air d'avoir peur. Ou d'être en colère. Ou les deux.

Je n'aurais pas dû le regarder pendant qu'il dormait.

Si, justement, et d'abord pourquoi pas ?

Il a fermé les yeux puis les a rouverts, s'est passé une main dans les cheveux, s'est secoué, s'est assis, s'est enveloppé dans le drap.

Nous étions maintenant tous deux assis dans le lit, face à face, chacun enroulé dans son drap blanc.

Bonjour, a-t-il dit avec un rictus désormais dénué de peur et de colère.

Il m'a caressé la joue. Il s'est incliné en arrière, a jeté un coup d'œil à sa montre posée par terre, de son côté.

On n'a pas besoin d'y aller maintenant, a-t-il dit en se retournant vers moi – et en m'attirant vers lui.

J'ai secoué la tête.

Ça veut dire quoi ? a-t-il chuchoté, sa voix dans mon oreille, son corps tout contre le mien, sa queue raide. Ça veut dire quoi quand tu secoues la tête comme ça ?

Ça signifie que tu ne veux pas ? a-t-il voulu savoir en éclatant de rire, ou est-ce que ça signifie qu'on n'a pas besoin d'y aller maintenant ?

Je ne sais combien de fois je suis restée sur son carrelage bleu et froid, combien de fois je me suis penchée sur la cuvette des toilettes pour vomir. Était-ce ce matin-là ou celui du lendemain, ou celui encore après, qu'il a frappé à la porte et demandé : Mais qu'est-ce que tu fous là-dedans ?

Et moi de répondre : Je me maquille.

Non, la journée d'aujourd'hui – la deuxième à Paris, un jour qui se déroule à la fin du mois de janvier 1983 – n'a absolument rien à voir avec celle d'hier. Il est neuf ou peut-être dix heures ; A et moi avons pris place dans sa jeep rouge, lui au volant, moi sur le siège passager, comme si nous étions amants, pour rejoindre le studio photo, le bunker ; mais avant il achète des sandwichs et du café dans un bistrot à l'angle de la rue où il habite, nous mangeons dans la voiture, je ne peux pas terminer le sandwich, du jambon et du fromage dans une demi-baguette, j'ai encore envie de vomir, le jambon est épais et rose avec un gros bord de gras. Je le renveloppe dans son papier et pose le paquet sur mes genoux.

Bon, on va à ton hôtel pour que tu puisses te changer, dit A en regardant droit devant lui.

Il a baissé la vitre. Il fume.

Ton hôtel. Mon hôtel.

Tu sais où il est ?

Ben, évidemment.

Je porte toujours la minijupe que m'a prêtée la fille traductrice. Et je porte désormais un grand coupe-vent blanc que A m'a prêté.

Nous étions encore dans son appartement sur le point de sortir quand il a dit : Tu es plus sexy dans mon coupe-vent que dans ton beau manteau.

D'accord… ai-je dit en me serrant dedans.

Et laisse ton bonnet ici, a-t-il ajouté en désignant le bonnet rouge posé sur le manteau bleu bien plié sur la chaise, tu ne peux marcher dans Paris tout le temps avec ton bonnet.

Il démarre la jeep. Enfonce la cassette dans l'autoradio.

Jimi Hendrix, *The Wind Cries Mary*.

Tu l'aimes beaucoup, ce morceau, dis-je en marmonnant.

C'est loin jusqu'à l'hôtel, on ne peut le rejoindre à pied depuis son appartement, on ne peut le rejoindre de nulle part à pied, j'essaie de suivre la route mais finis par abandonner, il roule trop vite, tourne ici, tourne là, je regarde le sandwich entamé enveloppé dans le papier et repense à maman en train de me lire *Hansel et Gretel* quand j'étais petite. Hansel et Gretel s'étaient perdus car les miettes de pain que Hansel avait dispersées dans la forêt pour qu'ils retrouvent leur chemin jusque chez eux avaient été mangées entre-temps par les oiseaux.

Si ça se passe bien aujourd'hui, a dit A, si tout se passe bien, si tu ne te paumes pas et ne divagues pas toute seule dans les rues, si tu n'es pas tout le temps en train de chialer et de te comporter comme une petite pute ingrate, si tu fais ce que je dis, ce que je propose, ce que je te conseille, alors tout ça, maintenant, ce ne sera qu'un début. Le *Vogue* français est intéressé. Ça peut changer ta vie, tu comprends ? En tout cas ça aura lieu dans la semaine. Mais seulement si… Il monte le son de l'autoradio, s'allume une nouvelle cigarette, emboutit presque une autre voiture, crie *fuck fuck fuck*. Tu comprends, dit-il, tu comprends que le bon, le bien, le beau ne se produira que si tu ne fous pas ta merde.

Il écrase la pédale de frein devant mon hôtel.

Magne-toi, dit-il.

Il faut que j'appelle ma mère, dis-je.

J'ouvre la portière et saute de la jeep.

Dis-lui bonjour de ma part, dit-il.

Je fourre le sandwich dans ma poche.

Ou plutôt… dit-il maintenant en regardant sa montre, ne lui dis pas bonjour. Ne lui téléphone pas.

Je crois qu'elle attend mon coup de fil, dis-je en claquant la portière.

La gérante somnole sur une chaise, dans une petite remise derrière la réception. Un chat s'étire sur le comptoir de la réception, les autres sont couchés par terre et sur les marches de l'escalier. Le chat du comptoir miaule (comme s'il était un chien de garde) au moment où il m'aperçoit, il miaule si fort que la gérante sursaute, se frotte les yeux et se lève.

Elle claudique jusqu'à l'armoire aux clés et se campe derrière le comptoir, détend un peu ses muscles, caresse le chat qui continue de miauler et de faire le gros dos jusqu'à ce qu'elle lui demande d'arrêter.

Toi, dit-elle en croisant mon regard.

Elle a l'air incrédule, comme si elle venait de voir un fantôme.

Je lui souris.

Toi, répète-t-elle.

Elle me toise (du moins c'est mon impression), moi, mes cheveux ébouriffés, le coupe-vent trois fois trop grand, la minijupe que j'ai empruntée, les collants noirs.

Toi, dit-elle pour la troisième fois, puis, à voix basse, à croire que nous devons surveiller notre langage : *Où étais-tu passée ?*

Bien qu'elle me parle en français, je comprends ce qu'elle dit, ce n'est pas très compliqué ; je lui réponds, en anglais, que j'ai passé la nuit chez un ami – une amie –, je m'imagine la fille traductrice pendant que je parle, je vois l'appartement qu'elle partage avec Mia, la salle de bains en désordre, la baguette froide, je me vois finir par m'endormir, sur le canapé ou sur le lit à côté de la fille traductrice.

La gérante secoue la tête.

Ta mère a téléphoné.

Je le sais, dis-je.

Nous avons beau parler dans nos langues respectives, nous nous comprenons sans problème, comme si une obscure langue commune ondulait sous nos mots.

Je vais lui téléphoner maintenant, dis-je.

Elle acquiesce, ne cesse de me dévisager avec ce regard incrédule.

Elle a appelé une fois, puis une deuxième fois, puis une troisième, tu as passé toute la nuit dehors, toute cette longue nuit.

Elle s'avance vers moi, passe devant moi, va jusqu'à la porte qu'elle ouvre puis jette un œil dehors. Elle voit A qui fume en bras de chemise sur le trottoir.

Elle referme la porte, retourne à la réception, prend la clé dans l'armoire couleur acajou et l'enfonce au creux de ma main.

Tu dois faire attention à toi, dit-elle en me caressant les cheveux, qu'elle recoiffe comme si j'étais une petite fille qui s'apprête à partir à l'école ; elle les lisse, les coince joliment derrière mon oreille.

Il faut que je me dépêche, dis-je avant de reculer.

Je réfrène le désir de la voir me serrer dans ses bras.

La fille de seize ans compose le numéro de sa mère à New York. Elle n'appelle pas la ligne professionnelle, elle n'appelle pas la ligne de la maison. Elle compose le numéro *secret*. Ce numéro que la fille ne doit surtout pas utiliser parce que, secret, il ne doit jamais – c'est l'explication de sa mère – être occupé au cas où quelqu'un téléphonerait pour transmettre un message important. Mais ce qui occupe la fille en ce moment est important. Maman, j'aurais dû t'appeler hier à vingt-deux heures et je ne l'ai pas fait. Tu as attendu ? Tu as eu peur ? Je ne crois pas m'être demandé si elle a eu peur. Je ne crois pas m'être demandé si elle était en colère contre moi. Parce que je n'étais pas à l'hôtel alors que je le devais. Parce que j'ai brisé notre accord. Parce que je n'ai pas respecté le couvre-feu dont nous étions convenues : vingt-deux heures. Parce que je me suis perdue en pleine nuit. Parce que j'étais chez A. Parce que j'ai demandé à A de continuer. Ne t'arrête pas, j'ai dit, ne t'arrête pas. Parce que je suis née avec ce désir. Parce que j'ai vomi encore et encore dans l'appartement d'un homme adulte. C'est le matin à Paris et le milieu de la nuit à New York. Maman décroche immédiatement.

Allô ?

Le *allô* de maman est ininterprétable.

C'est moi.

Tu étais où ?

J'étais… j'ai dormi chez une amie.

Une amie ?

Une fille dont j'ai fait la connaissance hier.

Pourquoi tu n'as pas appelé ? Pourquoi tu n'étais pas dans ta chambre ? On avait un accord.

J'allais appeler… je te jure… mais le téléphone de mon amie ne fonctionnait pas, et après le temps a passé et je ne voulais pas te réveiller, mais là je t'ai sûrement réveillée, puisqu'on est en pleine nuit là-bas.

J'ai appelé, appelé, appelé, dit-elle – ou du moins je crois, mais je n'entends presque pas sa voix, soit la ligne est mauvaise, soit elle ne parle pas dans le combiné, soit elle est furieuse et n'arrive pas à s'exprimer correctement –, je t'ai appelée à vingt-deux heures, l'horaire convenu.

Dès l'instant où tu es née, j'ai eu peur de te perdre.

Tu es où, là ?

Je suis à l'hôtel.

Mais tu n'étais pas à l'hôtel hier à vingt-deux heures ?

Mais maman…

Non, je ne veux rien entendre.

Non, mais écoute-moi à la fin.

Tu as rompu notre accord.

Je n'ai rompu…

Nous avions un accord.

Mais maman…

Tu as rompu notre accord.

Mais maman (ma voix ne doit surtout pas se briser), je veux rentrer à la maison !

Je veux rentrer à la maison.

Je veux rentrer à la maison. Ce sont les mots que j'ai voulu prononcer, que j'ai essayé de prononcer, *que je me souviens d'avoir prononcés*, mais je ne crois pas que ces mots-là sont sortis de ma bouche en ce jour de janvier 1983.

Je crois plutôt que les mots qui sont sortis de ma bouche étaient : *Mais maman, je dois y aller, là.*

Je ne vais pas tarder à me déshabiller et à enfiler mon peignoir blanc. Il sera noué à la taille et abaissé juste en dessous des avant-bras pour que la gorge et les épaules soient dénudées. Ce sont les longues boucles d'oreilles que vous remarquerez quand vous ouvrirez le magazine et découvrirez la photo.

À la fille en bonnet et en manteau qui se tient sur le seuil de la porte, Claude crie qu'elle a une gueule à chier dessus.

La fille n'est pas moi. Aujourd'hui n'est pas hier.

Tu devrais avoir honte, hurle Claude, comme si le visage de la fille était une offense à une douceur trop à vif qu'il aurait en lui. Il agite les bras : *Quelle honte, non mais quelle honte !* La fille fond en larmes. Tu devrais avoir honte de te présenter au studio avec une gueule à chier dessus. Avec des boutons plein la tronche, comme une vulgaire écolière. A tourne la tête vers Claude. *Qu'est-ce qui se passe ?* La musique retentit toujours, mais la plupart de ceux qui jusque-là n'ont cessé de se déplacer de-ci de-là s'immobilisent d'un seul coup et regardent en direction de la porte. A repose son appareil photo, traverse la pièce, prie Claude à voix basse de se calmer. Il jette un œil sur la fille. Il prend son visage dans la main, le tourne et le retourne.

Claude a raison, dit-il tranquillement, je ne peux pas te prendre en photo avec un profil pareil, rentre chez toi et ne te montre pas ici dans cet état, ni le maquillage ni l'éclairage ne pourront enlever d'un coup de baguette magique ce que tu as sur la figure.

Et c'est bientôt mon tour d'être photographiée.

Je suis maquillée d'une façon qui me donne l'air de ne pas l'être.

Intacte, dit le garçon qui vient de me maquiller, satisfait de son œuvre, et c'est ça l'astuce, chuchote-t-il, c'est ça (l'intact, le non-maquillé) qui a fait de A un photographe recherché : au diable le maquillage, la lumière théâtrale, les perspectives violentes.

Je m'assieds sur le tabouret de bar, dans le cône de lumière, je baisse le peignoir au bas de mes épaules.

Je suis prête.

A s'avance vers moi, sourit.

Une pichenette sur mon lobe au moment où je fixe le fermoir de ma boucle d'oreille.

Les arbres du Torshovparken ont perdu leurs fleurs. Les samares s'entassent dans les fossés et sous les arbres, se répandent sur les pelouses. Il n'y a pas lieu de s'inquiéter, dit un chercheur interviewé dans la presse. Les ormes ont juste une fertilité accrue cette année.

Maman et moi sommes assises l'une à côté de l'autre sur un banc. Elle vit d'habitude dans le Massachusetts mais séjourne pour quelques semaines à Oslo. J'ai apporté des brioches à la cannelle. Elle me raconte tout ce qu'elle a envie de faire maintenant que le monde va peut-être rouvrir pour de bon, les rôles qu'elle a acceptés, les voyages qu'elle a prévus. Pourquoi reporter les choses à plus tard ? dit-elle. Quand on a dépassé les quatre-vingts ans, il est stupide d'attendre. Elle prend une brioche.

C'est mon voisin qui les a faites, dis-je.

C'est la meilleure que j'aie mangée de ma vie, dit-elle.

Maman a une tenue printanière : robe, veste tricotée rouge et bottines. Assise à l'autre côté du banc pour respecter la distanciation, je porte quant à moi un manteau noir demi-saison et un bonnet blanc, c'est presque l'été.

C'est vrai que tu as les cheveux longs ? demande-t-elle.

Oui.

Je peux voir ?

Je fais signe que non.

Tu ne peux pas retirer ton bonnet pour me les montrer ?

Je ne veux pas retirer mon bonnet, il fait froid.

Il ne fait pas froid du tout.

Je soupire.

Comment ça se passe, l'écriture ?

Bien.

Tu écris sur ton séjour à Paris, à l'époque ?

Oui.

Puis, du tac au tac : Comment peux-tu savoir si tes souvenirs sont corrects ?

Oh, maman, je n'en sais rien, moi…

Je passe l'oubli sous silence. Une éclaboussure de peinture blanche là où devraient se trouver les visages. Je passe la boisson sous silence. « Vivre avec l'alcool, c'est vivre avec la mort à portée de main », a écrit Duras. Maman et moi ne parlons pas de tout ça. Ensemble, nous sommes extrêmement prudentes.

Maman retourne à son amoureux et à la grande maison dans le Massachusetts, je continue de commander des courses qui lui sont livrées sur le pas de sa porte.

Pain
Riz
Shampoing qui sent bon
Spaghettis

J'ignore – maintenant qu'elle est vaccinée et après cette longue période de confinements et de déconfinements – si elle continue de m'envoyer des listes de courses par égard pour elle ou pour moi. Je crois que ça a à voir avec le désir. Elle envoie, je commande, les marchandises sont livrées. « Voici le quotidien dont nous parlions. » Un jour, il n'y a pas si longtemps, elle m'a dit au téléphone qu'elle était allée faire ses courses à l'épicerie.

J'ai dit : Tu peux aller à l'épicerie maintenant, maman ? Tu te sens assez en sécurité pour le faire ?

Elle s'est tue.

Quand j'étais petite, mais aussi quand j'avais seize ans, tout le monde parlait de la beauté de ma mère. Je me souviens que A avait évoqué ses yeux, ses lèvres, sa vulnérabilité, alors que nous étions allongés l'un contre l'autre, la fenêtre ouverte sur la rue.

Ce qui me ravissait chez elle, lui ai-je dit alors, c'était son rire. J'aurais fait n'importe quoi pour la faire rire.

Et là (au téléphone), elle riait.

Je n'avais même pas essayé, et pourtant elle riait.

Elle riait, elle riait à n'en plus finir dans cette grande maison isolée du Massachusetts.

Non, non, je ne suis pas allée à l'épicerie, a-t-elle dit, bien sûr que je n'y suis pas allée, enfin *pas vraiment*, je suis juste entrée en vitesse acheter une brosse à cheveux et la presse du jour – une brosse à cheveux parce que j'avais perdu celle que j'avais achetée avant la pandémie, je ne sais pas où elle est passée, toujours est-il qu'un beau jour elle avait disparu ; là où je veux en venir, puisque je veux en venir quelque part, c'est que je ne me sens pas en sécurité, pas du tout même, j'aimerais beaucoup… si tu peux et si tu as le temps… que je continue à t'envoyer des listes de courses et que tu commandes les produits pour moi comme on le fait d'habitude.

Et, pour qu'il n'y ait plus de malentendus, elle a envoyé (faxé) une nouvelle liste de courses juste après que nous avons raccroché :

1 litre de lait
Café
Rubans de soie blancs (par exemple pour emballer les cadeaux)
Fromage

Au bas de la feuille, elle avait dessiné un autoportrait – du moins je crois que c'était un autoportrait – qui représentait une fille aux cheveux longs et aux taches de rousseur. Elle était assise à une fenêtre, les genoux remontés sous le menton. À l'extérieur, on distinguait vaguement un jardin luxuriant et un grand érable.

Encore. Seule cette photo a été imprimée dans le magazine, mais je me souviens qu'il appuyait et rappuyait sur le déclencheur. J'ignore combien de temps je suis restée sur le tabouret du bar, au centre du cône de lumière, les épaules dénudées, avec les longues boucles d'oreilles. Des minutes, des heures. Nous répétons, nous recommençons, nous n'en avons jamais fini. Encore une fois, a-t-il dit, ne bouge pas. Il s'est approché de moi, a ouvert puis refermé la bouche, m'a indiqué de la main que je devais faire pareil. J'ai ouvert puis refermé la bouche. Bien, a-t-il dit. Encore. Et encore. Cette nuit-là, ou la suivante, dans son appartement, dans ces draps blancs, les mêmes tous les soirs. Cette nuit-là, il m'a dit que si je voulais être belle sur les photos, ce qui était le cas, je devais apprendre à me détendre, putain. *Fuck*, il a lâché. Je ne me souviens de ce qu'il a dit que par bribes. Parfois il lâchait un *fuck* qui voulait dire *baiser*, parfois il lâchait un *fuck* qui voulait dire *putain*. Parfois son *fuck* voulait sûrement dire les deux. Si tu te crispes, disait-il, ça se fixe sur ton visage, surtout autour de ta bouche et de tes lèvres. Une belle femme aux lèvres serrées n'est pas belle du tout. Une fille de seize ans avec des lèvres serrées. *Fuck.* Jamais. Et encore. Il a souri, il a ouvert puis refermé la bouche. Nous sommes étendus dans les draps blancs. Je me suis déshabillée. De longues jambes puissantes, un cou allongé, un front large, une grande bouche, des seins ronds qui ne sont pas encore tout à fait développés. Mon corps d'adulte s'est fait attendre. Je n'ai eu mes règles qu'à quinze ans. Puis elles ont disparu après Paris. Et l'apparence de mes seins à l'époque – cet hiver 1983 –, seul A l'a vue, et peut-être un autre.

Dans les draps blancs qui sont les mêmes chaque soir, il m'embrasse. Encore. Et encore. Il m'embrasse avec la langue, il parle, il m'embrasse et il parle, et au bout d'un moment il n'y a plus de différence entre les mots et les baisers. Il m'attire contre lui, me serre plus fort que la veille au soir et plus fort encore que le jour d'avant, comme s'il y avait une urgence, comme si j'allais me désintégrer et me volatiliser s'il ne me serrait pas contre lui. Ses cheveux, aussi longs que les miens ou peut-être un peu plus longs, couvrent mon visage de mille mèches. Il pousse un oreiller sous mes fesses pour pouvoir me serrer encore plus fort et se rapprocher encore plus. Il rit et passe ses doigts dans mes cheveux.

Chaque fois que la nausée monte en moi, je cours à la salle de bains pour vomir.

Chaque fois qu'il jouit, il ferme les yeux et j'ouvre les miens.

Chaque fois qu'il s'endort, il ferme les yeux et j'ouvre les miens.

Je m'enroule dans le drap blanc et m'assieds dans le lit. Je le sais. Je sais que c'est indécent de le regarder quand il dort. Indécent de prendre ses aises de cette manière nuit après nuit après nuit. Je ne suis pas un homme. Je ne suis pas une adulte. C'est indécent, c'est délicieux. Je lui retire la couverture d'un coup sec. Le corps nu de l'homme de presque quarante-cinq ans a des touffes de poils ici et là. Quand il dort, la vieillesse s'est déjà fortement emparée de lui. Il est si désarmé. Ses boucles longues et fines. Peut-être que je vais les couper. Là tout de suite, le désir est complètement absent. Je n'ai pas envie de lui. Le sommeil a tout emporté. Son corps se gonfle puis se ratatine. Pas le mien. J'ai seize ans. Il ne m'entend pas ricaner. Il dort d'un sommeil si profond. Son corps me rappelle des fruits, des pommes trop mûres dans un saladier posé sur la table, sous la fenêtre.

Souvent, quand il se réveille, je me suis recouchée. Il m'attire contre lui. Il me chuchote quelque chose à l'oreille. Il me parle de sa famille. De sa femme (il en a eu plusieurs), de ses fils. De sa maison au bord de la mer. Il me dit : Je veux te présenter mon fils aîné. Viens passer un week-end à la maison. Mon fils n'a que quelques années de plus que toi. Je suis persuadé que vous vous apprécierez. Ça ne fait pas l'ombre d'un doute. Lui et toi.

Dans la jeep rouge, le deuxième jour, le troisième jour, le quatrième jour, il a mis la musique à fond. Il fume. Il crie. Je lui dis que je veux rentrer. Chez moi. Dans ma maison. À New York. Je ne veux plus rester ici.

Et les photos qu'on va prendre, crie-t-il, pour le *Vogue* français ?

On les fera une autre fois, dis-je dans un murmure.

Putain ! Parce que tu crois peut-être qu'on peut les faire une autre fois, qu'on peut reporter les grands rendez-vous ? *Oh, pardon !* Passer quelques jours supplémentaires à Paris ne convient pas à Son Altesse ?

Pardon.

Pardon, pardon, dit-il en imitant ma voix : Pardon, pardon, pardon, pardon.

Je me mets à pleurer.

Et voilà, c'est reparti, dit-il en allumant une autre cigarette et en évitant un piéton. *Pleurnicheuse*, dit-il. La petite princesse veut rentrer chez sa maman. Sale petite merdeuse névrosée. J'aimerais ne jamais t'avoir rencontrée.

Je ne me souviens pas isolément des jours et des nuits – je veux dire, ces jours et ces nuits à Paris, en cet hiver 1983. Je ne me souviens pas du nombre de jours, cinq ou sept peut-être. Je ne sais pas. Une fois adulte, lorsque j'ai eu des enfants et qu'ils sont tombés malades, les jours et les nuits se sont confondus. Tout change à l'arrivée de la fièvre : les joues rougies et enflammées, cette terrible léthargie, le rire qui fait défaut. Oui, il y a une espèce de modification du temps dès que les enfants sont malades. Vous ne remarquez pas de différence entre le lundi et le jeudi, entre quatre heures de l'après-midi et deux heures du matin, sauf que c'est pire à deux heures du matin.

Après que l'étranger, le promeneur nocturne – l'homme à l'écharpe rouge – m'a accompagnée jusqu'à l'appartement de A, j'étais incapable de tenir le compte des heures et des jours.

Je lui ai montré le bout de papier que j'avais dans ma poche, celui où figurait l'adresse de A, et il m'a suivie tout au long du chemin.

Il parlait sans s'arrêter, en français. Il connaissait la ville. Je n'avais qu'à le suivre.

Voilà, a-t-il dit au moment où nous nous trouvions devant l'immeuble de A, dans ce qui pouvait être la rue des Anglais. Immobile entre deux réverbères, le visage éclairé, d'un blanc rendu encore plus spectral par son écharpe rouge, il attendait que je le remercie. Il se faisait tard, on était en pleine nuit, il méritait bien un petit merci, a-t-il dit, pour m'avoir accompagnée tout du long.

En fait, je vais à mon hôtel, ai-je dit alors, dans un mélange de français et d'anglais, d'une voix presque atone mais assez forte pour qu'il m'entende. Puis j'ai dit : Mais je ne me souviens pas de l'adresse, et je ne me souviens pas non plus du nom.

Mais bon sang de bois, a-t-il dit. Tu es complètement stupide ou quoi ?

Non, ai-je répondu, non, je ne suis pas stupide.

Mais tu ne peux pas arpenter les rues à la recherche d'un hôtel dont tu n'as aucune idée du nom ni de l'emplacement.

Il se tenait là, avec son écharpe rouge, entre les deux réverbères et, chaque fois qu'il parlait, de la fumée de givre sortait de sa bouche.

Non, a-t-il répété, je ne peux pas t'aider. Je t'ai accompagnée jusqu'ici, jusqu'à la porte, ça suffit.

J'écris ces lignes le soir, avant une nouvelle nuit tranquille. J'espère qu'il va pleuvoir. À verse. À seaux. Je passe mes nuits à rester éveillée, à attendre le bruit du vent ou de la pluie ou des voix dans la cour intérieure, n'importe quoi, pourvu simplement que ce n'importe quoi soit accompagné d'un son.

Une nuit, mon mari choisit un livre dans son téléphone portable et dit à haute voix, entre les murs de la chambre plongée dans l'obscurité : *La pluie a choisi la nuit, pour arriver doucement avec un vent propice*, puis il lit d'autres vers de ce vieux poème chinois.

Il les lit encore et encore.

Tu veux de la pluie, dit-il, je vais donc te faire la lecture jusqu'à ce que tu t'endormes :

« Le vert débute dès demain après-midi. »

Et l'après-midi est le meilleur moment. Il y a quelques mois, l'après-midi était le pire moment. Aucun système ne le régit. Je ne peux pas le contrôler. Le Torshovparken respire de verdure, d'enfants, de chiens. J'emprunte la Agathe Grøndahls gate, je traverse la Johan Svendsens gate, la Edmund Neuperts gate et la Jolly Kramer-Johansens gate. À Torshov, de nombreuses rues portent le nom de compositeurs, et certaines celui de compositrices. Je m'imagine que beaucoup de ces rues qui s'étirent en haut et en bas du paysage urbain sont de longs bras qui nous maintiennent en place, qui me maintiennent en place. Pas d'une manière inamicale. Non, avec soin, avec beaucoup de souci de l'autre, avec un souci de l'autre comme seuls ceux qui ont vu et expérimenté quantité de choses, qui ont l'avantage d'avoir été à la fois vivants et morts, peuvent en faire preuve. À la mort en juin 1907 d'Agathe Backer Grøndahl (qui était à la fois compositrice et pianiste), Edvard Grieg, mort quant à lui trois mois plus tard, écrivit à propos d'elle : « Et cette belle vie s'est donc achevée. Quoique dans son noble pessimisme, et dans toute sa souffrance. Aucune âme d'artiste n'a foulé de sentiers plus purs. »

Je ne sais pas vraiment ce que Grieg sous-entendait par « Quoique dans son noble pessimisme, et dans toute sa souffrance », ni comment ces états d'âme peuvent être associés à un *sentier pur*, mais peut-être voulait-il dire *vrai* en écrivant *pur* ? On confond souvent le vrai et le pur. Un jour, il n'y a pas si longtemps, j'ai trouvé une vidéo en ligne : une femme en robe bleue, que je ne connais pas, interprète sur un piano à queue *Le Chant des roses* d'Agathe Backer-Grøndahl, dans ce qui semble être une église vide quelque part dans le monde. C'est tellement silencieux et sobre qu'on a la sensation d'être réconforté.

La Agathe Grøndahls gate s'étend de la Vogts gate le long du Torshovparken et jusqu'au vallon, passe devant la volée de larges marches qui montent au parc, à l'allée bordée d'arbres et au pavillon de musique. Je suis en route – non pas vers le Torshovparken mais vers le parc de Torshovdalen, juste à côté, dans le vallon. Beaucoup de gens qui ne connaissent pas bien la région se donnent certes rendez-vous au parc, mais ne se rencontrent jamais parce que l'un attend dans le Torshovparken et l'autre dans le parc de Torshovdalen. Eva et moi nous sommes donné rendez-vous devant la grande tête de poupée en bronze qui se dresse dans le second, donc dans le vallon. J'ai emporté deux grands gobelets en papier et un Thermos.

En chemin, aujourd'hui, en marchant avec le chien, je ne me rends pas compte de ce qui m'a fait si mal hier.

Eva pratique la baignade en eau glacée dans le fjord.

Tout l'hiver, elle se baigne ainsi.

Au printemps, en été et en automne également – sauf que ça ne s'appelle pas un bain en eau glacée, juste une baignade.

Elle me demande parfois si je veux l'accompagner dans un endroit peu fréquenté, où il est facile d'observer la distanciation physique au cas où on rencontrerait quelqu'un.

Elle dit que la natation aide à lutter contre l'anxiété.

Je lui réponds que je ne suis pas anxieuse.

Si, tu l'es, je le vois bien.

Un jour, mon père a prononcé une phrase que j'aurais aimé ne jamais l'entendre prononcer. Il a dit : Écoute, mon cœur, tu vas t'en sortir, tu es du genre à t'en sortir, mais tu as une sœur de l'ombre qui a peur, qui disparaît dès que quelqu'un souffle sur elle. Elle a besoin de toi.

Il s'est penché vers moi et m'a dit :

Certains s'en sortent, d'autres pas.

Je crois qu'il a dit tout ça pour que je me ressaisisse, que j'arrête de sécher les cours, que j'arrête de décrocher. Je me souviens que nous étions dans son salon, dans son petit appartement de Stockholm donnant sur la place Karlaplan. Il ne savait rien de mon séjour à Paris. J'ignore ce qu'il aurait dit si je le lui avais raconté. Peut-être pas grand-chose. C'était une autre époque. Nous étions assis de part et d'autre de la table basse, lui dans le fauteuil couleur rouille, moi sur le canapé vert. Nous avions chacun un verre et chacun une bouteille de Ramlösa, voilà ce qui était servi. Nous ne sommes pas restés seuls très longtemps car, au bout d'un moment, trois filles nous ont rejoints, mes vraies sœurs bien vivantes, bien réelles, et se sont installées à côté de moi sur le canapé.

Plus tard, je me suis dit qu'il aurait pu être plus précautionneux. *Sœur de l'ombre. S'en sortir. Décrocher.* Peut-être que je n'étais plus une enfant – je me suis posé la question, dans le cadre de ce récit ; je me suis demandé si j'étais encore une enfant à l'âge de seize ans. En tout cas j'étais *son* enfant, alors quand il s'exprimait au sujet de celle que j'étais ou celle qu'il croyait que j'étais, je prenais tout ce qu'il disait très au sérieux, et une fois qu'il l'avait dit, je ne pouvais plus rien y changer : le récit consacré à nous deux, ma sœur de l'ombre et moi, *toi et moi*, était une évidence, c'était du moins ce que je ressentais.

Écoute, a dit papa, certains y arrivent, d'autres pas ; et, même si ses mots n'étaient pas aussi catégoriques que dans mon souvenir, c'est précisément le catégorique – l'incontestable – qui m'est resté.

Eva arrive, grande et pâle, les yeux bleu foncé, une robe de soie noire, un gros pull blanc par-dessus. Nous partageons un vieux sac à main bleu, parfois je le prends, parfois elle. Nous nous retrouvons devant la grande tête de poupée en bronze en pleine verdure. Elle a apporté un Thermos et des gobelets en papier.

Et nous voilà maintenant avec quatre gobelets et chacune notre Thermos, dit-elle.

Elle vient de prendre un bain en eau glacée.

Je lui demande où elle s'est baignée.

Elle répond.

Je lui demande avec qui elle a été.

Elle répond.

Je lui demande si elle a un bonnet dans son sac.

Elle répond.

Je lui demande si elle ne voudrait pas le mettre pour ne pas grelotter et attraper froid.

Elle répond.

Ses cheveux sont mouillés et salés. Le soleil brille.

Elle nous sert du café. Les tasses fument.

Je croise son regard.

Elle a seize ans, elle a dix-sept ans, elle a bientôt dix-huit ans, et il y a tant de choses que je voudrais lui dire, tant de choses que je voudrais lui expliquer, sur tous ceux qui nous ont précédées, sur les rues aux allures de longs bras, sur l'anxiété, sur la grande tête de poupée en bronze contre laquelle nous nous tenons et nous adossons avec chacune une tasse de café, sur les bonnets et sur l'hiver, sur l'acceptation et l'abandon, mais venant de moi ce n'est pas ce dont elle a le plus besoin. Le vent commence à se lever. Il s'empare de ses cheveux, des deux Thermos, des gobelets dans lesquels nous ne buvons pas, de l'ourlet de sa robe noire. Tout cela lui rappelle quelque chose, je crois, mais elle ne me dit pas quoi. Elle regarde le vallon vert, elle sourit.

La tempête s'est calmée à New York et il fait presque nuit en ce jour qui marque le passage de février à mars 1983. Je parcours à pied le court trajet qui sépare mon lycée du Carnegie Hall. Je prends l'ascenseur jusqu'à l'étage de A. J'emprunte le long couloir qui mène à son studio. Je frappe, j'entrouvre la porte, j'appelle : Hé ho, il y a quelqu'un ?

Claude, et non A, est assis sur une chaise devant les miroirs de maquillage. Ou plutôt : son visage est tourné vers la porte et l'arrière de son crâne fait face aux miroirs. Je croise son regard dès que je ferme la porte et entre dans la pièce.

C'est toi ? dit-il.

A est là ?

A ne va pas tarder.

Il m'a demandé de venir.

Je sais.

La chaise sur laquelle il a pris place est pivotante, et Claude se met à tourner sur lui-même.

Peut-être que tu veux venir t'asseoir ici avec moi ? dit-il.

Je me retourne vers la porte que je viens de fermer.

Est-ce que je pense : je peux m'en aller.

Il ne va pas me courir après.

Ce sont juste quelques pas, va-t'en.

Ce sont juste quelques pas, va-t'en, ouvre la porte.

Ce sont juste quelques pas, va-t'en, ouvre la porte et sors d'ici.

Je fais quelques pas, mais dans la mauvaise direction, je me place juste devant la chaise pivotante, je me positionne de façon que Claude puisse tendre les bras pour me tirer vers lui, ce qu'il fait effectivement. Il tend les bras et m'attire vers lui.

Assieds-toi là, dit-il en montrant ses genoux.

Il me lâche et tourne encore à plusieurs reprises sur lui-même.

Si tu ne veux pas, dit-il, tu ne veux pas.

D'une jambe, il stoppe son tournoiement, m'attire de nouveau vers lui, je m'assieds à califourchon sur ses genoux.

Oui, comme ça, dit-il, et nous décrivons deux ou trois tours, ensemble, assis dans cette position.

Il stoppe de nouveau la chaise.

Tu es mignonne, dit-il, pas très mignonne, pas belle comme les autres filles, tu le sais bien, pas vrai, mais mignonne quand même.

Je suis censée le remercier ?

Merci, dis-je.

Il sourit.

Où est A ? je demande.

Il va venir, mais pas maintenant. Ce soir, peut-être.

Il n'ajoute rien de plus. Et moi non plus. Il me tient d'une main et déboutonne ma chemise blanche de l'autre. Il baisse mon soutien-gorge et serre un de mes seins entre ses doigts. Puis il se penche en avant, met sa bouche sur mon sein et commence à le sucer.

Ses mains se déplacent : elles pressent, caressent, se posent dessus, au-dessous, au-dessus.

Je ne sais pas combien de temps nous restons assis ainsi, je nous regarde dans le miroir, je ne détourne pas le regard, je ne bouge pas – et tu t'en souviendras toute ta vie : la fille à la chemise d'homme blanche déboutonnée, à califourchon sur les genoux du vieil homme qui lui suce les seins, d'abord l'un, puis l'autre. Il ne l'embrasse pas, ne la caresse pas, ne la frappe pas. Il passe une main autour d'elle, avec douceur, délicatesse, avec anxiété presque, comme s'il escaladait une montagne et devait faire attention à ne pas tomber – affamé, égaré, excité.

Combien de temps sommes-nous restés dans cette position ?

Quand la porte du studio (que j'avais refermée) s'ouvre à nouveau, c'est Maxine qui se tient dans l'embrasure. Il faut trois secondes, peut-être. Une seconde pour regarder, une seconde pour ne pas croire ce qu'on voit, une seconde pour confirmer que ce qu'on voit correspond bel et bien à ce qu'on croyait ne pas voir. D'abord une lumière vive. Puis les miroirs de maquillage. Ce sont peut-être les miroirs de maquillage dont je me souviens le mieux depuis tout ce temps. Les miroirs de maquillage du studio de Paris, les miroirs de maquillage du studio de New York. Ils sont montés de manière qu'on puisse se voir et voir les autres sous tous les angles possibles. En 1983, Maxine avait cinquante-cinq ans, l'âge que j'ai aujourd'hui. Lorsque j'ai repensé à cette scène entre la fille que j'étais et l'homme que j'appelle Claude, j'ai imaginé que j'étais Maxine. Au moment où elle m'a vu, je veux dire.

Qu'as-tu vu, Maxine ?

Le vieil homme au corps mou – mou comme un champignon, mou comme la bouche d'un enfant affamé, mou comme les feuilles d'octobre chargées de pluie – est assis sur le fauteuil de maquillage avec la jeune fille sur ses genoux. Tu ne vois qu'une partie de son corps car la fille est à califourchon sur lui. Tu vois ses flancs et ses pieds. Le pied de la jeune fille pendouille. Tu remarques ses bottes à talons hauts, mais ce sont ses chaussures noires bien cirées à lui, fermement plantées sur le sol, dont tu te souviens lorsque tu repenses à cette scène. Dans le miroir – dans les miroirs –, tu vois son dos voûté, sa tête penchée, tu ne vois pas la bouche qui s'est refermée sur sa poitrine. La fille est dénudée jusqu'à la taille. Sa chemise d'homme, blanche, est abaissée et repose comme un tissu boudiné et froissé autour de sa taille. Elle est assise sur les genoux de l'homme. À califourchon sur ses genoux. Ses pieds pendouillent.

La tête au-dessus de la sienne, le visage tourné vers la porte – celle que tu viens d'ouvrir en entrant. Elle te regarde droit dans les yeux comme si elle voulait dire quelque chose. Tu croises son regard. Comprendre quoi que ce soit relève de l'impossible.

Je suis désolée, dit Maxine, d'une voix sévère, j'étais venue parler à A, mais je vois qu'il n'est pas là.

À ces mots elle se retourne rapidement, ressort et referme la porte.

Pendant que j'écrivais ces pages, j'ai réfléchi aux relations de cause à effet. Se peut-il qu'une chose en ait provoqué une autre qui, à son tour, en a provoqué une troisième et ainsi de suite ? Ou tout ce qui figure ici n'est-il qu'une sélection de moments fortuits ? Si je commençais ailleurs, l'histoire aurait-elle une apparence radicalement différente ? Je me suis notamment demandé si A savait que Claude m'attendait ce jour-là dans son studio, si A avait prévenu Claude de mon arrivée en lui disant qu'il n'avait qu'à se servir. Ou bien, comme il me l'a dit lui-même lors son coup de fil dans les jours suivants, qu'il avait dû aller chercher son fils cadet ? Il avait essayé de me joindre pour me dire qu'il fallait convenir d'un nouveau rendez-vous.

Claude était-il là à ton arrivée ?
Oui, tu ne le savais pas ?
Non. Qu'est-ce qu'il a dit ?
Il a dit que tu n'étais pas là.
Il s'est passé quelque chose ?

Non. Je suis partie quand j'ai vu que tu n'étais pas là et je lui ai demandé de te dire bonjour de ma part.

A a appelé plusieurs fois, avant et après ce qui s'est passé avec Claude. Puis un jour il n'a plus appelé. C'était fini.

Le printemps est presque arrivé bien qu'il fasse toujours froid, quatre ou cinq degrés seulement, on n'a pas la *sensation* d'être au printemps. En plus il pleut. Jour après jour après jour. Le 8 mars 1983, Ronald Reagan prononce l'un de ses plus célèbres discours. S'adressant à des chrétiens conservateurs à Orlando, en Floride, il compare l'Union soviétique à ce qu'il appelle un empire du Mal. « Oui, prions pour le salut de tous ceux qui vivent dans cette obscurité totalitaire, prions qu'ils découvrent la joie de connaître Dieu. Mais en attendant qu'ils le fassent, soyons conscients que tant qu'ils prêchent la suprématie de l'État, tant qu'ils proclament son omnipotence sur l'homme individuel et prédisent son ultime domination sur tous les peuples de la Terre… » C'est sans doute peu après, un mercredi ou un jeudi, que j'ouvre la porte et pénètre pour la dernière fois dans cette partie du bâtiment de Carnegie Hall. Ce n'est pas A que je vais voir. J'ai rendez-vous avec Maxine. Elle m'a demandé de venir. Va d'abord assister à tes cours, m'a-t-elle dit au téléphone, comme si elle était ma mère, et passe ensuite. Pourquoi ai-je mis la robe rayée rose et blanc ce matin-là, le gros blouson en cuir et les bottes ? Je renonce au bonnet rouge, je renonce à tout couvre-chef au profit d'un grand parapluie blanc, que je secoue et referme avant d'entrer dans l'ascenseur. A m'a dit que je lui avais souri cette fois-là, il y a longtemps. Je portais aussi cette robe et ce Perfecto.

Nous nous sommes rencontrés dans cet ascenseur.

Il t'a *repérée*, a dit quelqu'un.

Tu as été *repérée* dans un ascenseur.

Je pense qu'il est faux d'affirmer que j'ai souri. Je souris rarement. Maman dit toujours : Tu ne souris presque plus, ça ne te ferait pas de mal de sourire de temps en temps.

Dans l'ascenseur, je tire sur l'ourlet de ma robe, je rajuste les fines bretelles. La robe est trop serrée autour de mes seins, trop rose, trop fille par rapport au Perfecto trop grand pour moi, aux bas noirs et aux bottes montantes. Je n'ai pas porté cette robe depuis cette fameuse fois – la première fois que j'ai rencontré A. Je regrette de l'avoir mise aujourd'hui.

Maxine est en train d'écrire. Elle est d'une élégance sans bornes dans une ample robe noire qui semble ne pas être tout à fait terminée, qui au contraire a l'air plus ou moins de s'enrouler autour d'elle. Il est impossible de distinguer le devant et le derrière de cette robe – et c'est ce qui la rend irrésistible, tout comme elle, d'une certaine manière. Elle ne lève pas les yeux lorsque j'entre. Je m'assieds sur le canapé, je pose le parapluie par terre.

Toujours sans me regarder, elle me dit avoir la nette impression que je ne suis pas sérieuse dans mon désir de devenir quelqu'un.

Je l'interromps, ce qui visiblement lui déplaît. Elle fait un geste impatient de la main.

Je suis sérieuse, dis-je.

On a plutôt l'impression du contraire, dit-elle.

Ce n'est pas ce que je voulais, dis-je à voix basse.

Maxine soupire.

Tu as quitté Paris. Tu es partie avant la date convenue, avant ce qui aurait pu se transformer en shootings importants. Quant à ce que j'ai vu avec Claude…

Ce n'est pas ma faute, dis-je en frôlant du pied le parapluie blanc.

Maxine refait ce geste d'impatience avec la main.

À mon avis, tu estimes qu'il suffit d'être une jolie fille dans une jolie robe.

Maxine cherche les mots justes.

Moi qui croyais que tu avais hérité d'un peu de tes parents… J'imaginais que tu étais une fille un tantinet informée sur ce qu'il est bon ou mauvais de faire dans telle ou telle situation.

D'accord.

Maxine se lève.

Comprenant que la discussion est terminée, je me lève à mon tour en ramassant le parapluie blanc sur le sol. Il goutte encore.

Maintenant que nous sommes toutes les deux debout, face à face, elle me caresse rapidement les cheveux avant de saisir d'un geste ferme mon revers de blouson. Elle soupire, sourit, s'apprête à ajouter quelque chose, mais se ravise. Sur ce, elle me pousse presque tendrement hors de son bureau.

La photo que A a prise de moi a été publiée dans un magazine de beauté français au début de l'été 1983. Ce magazine n'existe plus. Je me souviens d'en avoir acheté deux exemplaires dans un magasin de Columbus Avenue qui vendait de la presse étrangère, dont un que j'avais prévu d'offrir à ma mère, mais je crois que je ne le lui ai finalement pas donné. Je me souviens d'avoir découpé l'image et de l'avoir coincée entre deux pages d'un bloc-notes blanc à couverture rigide. Depuis, j'ai déménagé un nombre incalculable de fois. J'ai cherché, fouillé, farfouillé, mais je ne retrouve ni le bloc-notes blanc ni l'image.

~

Le chien et moi nous rendons chez le vétérinaire. C'est l'été. Nous traversons le vallon, nous faisons tout le chemin à pied. Le chien avance mollement derrière moi. Parfois, je dois tirer sur la laisse pour qu'il me suive, il s'arrête tout le temps, renifle tout, aboie contre les autres chiens. Quelle plaie. Plus ça va et plus j'essaie d'aller me promener sans lui. Je me faufile dans l'appartement, prends mon sac et mon manteau sans qu'il s'en aperçoive. Je fais semblant d'avoir autre chose à faire.

Quoi par exemple ?

Aller au café ?

Les cafés ne sont pas fermés ?

Non, ils ont rouvert.

Il est impossible de mentir à un chien.

Toujours est-il que nous nous rendons chez le vétérinaire. Nous allons marcher jusqu'au bout, à travers le vallon, sans rouler ni prendre le tramway.

C'est tout un boucan chaque fois qu'il se lève du canapé, se met à grand-peine sur ses pattes et marche vers moi, ce qu'il fait chaque fois qu'il entend que je m'apprête à sortir.

Tu es trop vieux, dis-je en prenant son harnais, tu aboies sur tout le monde, tu t'arrêtes toutes les dix secondes pour renifler la moindre petite chose, tu tires tout le temps sur ta laisse.

Voici ce que dit le vétérinaire une fois son auscultation terminée : Votre chien peut s'effondrer à tout moment en raison d'une calcification de l'articulation de la hanche droite, cela peut survenir du jour au lendemain et sans prévenir.

Nos journées sont comme de l'eau et remplies d'horreurs, dit le chien.

La nuit, j'écoute sa respiration. Si je la laisse faire et si je ne pense pas qu'elle m'empêche de dormir, j'ai l'impression d'entendre le monde entier dans chaque respiration. Il inspire, il expire. Tout un monde de sons et de voix dans ce cœur de vieux chien.

Une nuit, j'imagine que c'est *ta* voix que j'entends. Tu tournes en rond à l'intérieur et à l'extérieur de moi et tu refuses de mourir.

La terre noire et humide dans ta poitrine, dis-tu, la vigne vierge qui pousse froide et folle dans tes poumons. Et si je te disais que ça disparaît ? Ou peut-être que ça ne disparaît pas mais que ça diminue, à moins bien sûr que ça ne diminue pas mais qu'il y aura davantage de place en toi pour l'accueillir ? Un matin, tu sens la peur s'estomper. Le café est bon, la tranche de pain aussi, tu as même envie d'en prendre une autre. Une tranche de pain avec du fromage et du concombre salé. Les tremblements des bras et des jambes s'estompent. La nausée disparaît. Tu relèves la tête en imaginant des tourbillons de poussière, d'argent et de pluie nocturne.

J'écris à la ville d'Oslo, à ce qui s'appelait autrefois le *Service des parcs et des sports*. On m'a donné le nom d'une personne qui, je pense ou j'imagine, a la responsabilité générale de tous les arbres d'Oslo.

Je demande combien d'arbres compte le Torshovparken.

Deux semaines plus tard, je reçois une réponse : *149 arbres ont été recensés dans cet espace vert : 139 feuillus, principalement des ormes, mais aussi des bouleaux verruqueux, des bouleaux communs, des chênes, des érables de Norvège, des saules, des marronniers d'Inde.*

C'est le matin, c'est l'après-midi, c'est le soir. Le parc et le vallon se remplissent de gens qui marchent, qui s'assoient, qui courent, qui s'allongent dans l'herbe verte, qui se promènent, qui font de l'exercice, qui pique-niquent, avec de la musique, de la nourriture, du café, de la bière, du vin. Des enfants et des adultes. Des chiens. Des arbres. *Toi toi toi.* Oui, toi aussi. Je ne te quitterai jamais, dis-tu.

Tu te rends compte, presque comme une curiosité, que malgré tout la solitude ne t'a pas exterminée.

Mais qu'est-ce que je vais faire de moi ? Je ne me souviens plus du nom de l'hôtel, ni de son emplacement. La seule adresse que j'ai, pour l'avoir écrite sur un bout de papier, c'est celle de A. Un manteau bleu. Un bonnet rouge. Une robe empruntée. J'ai seize ans et je me suis perdue. Je demande à tous ceux que je rencontre, mais personne ne peut m'aider, hormis l'homme à l'écharpe rouge. Il me suit tout au long du chemin. Je remarque que son écharpe n'est pas seulement rouge, mais qu'elle est constellée de petites étoiles blanches. Il se place entre deux réverbères et me voit appuyer sur la sonnette. La serrure claque, j'ouvre la porte cochère, je m'engage dans la cage d'escalier plongée dans l'obscurité, je monte les marches. Premier étage. Deuxième étage. Troisième étage. A m'attend sur le seuil de la porte. La lumière de son appartement tombe sur nous.

Fille, 1983 contient des citations extraites des œuvres suivantes :

Les mentions « l'original norvégien » et « l'autrice » renvoient respectivement à la version originale norvégienne de ce livre et à Linn Ullmann ; « ce texte » et « le traducteur », à la version française de ce livre et à Jean-Baptiste Coursaud. Le traducteur tient à remercier sa consœur Sabine Huynh pour son aide aussi précieuse que généreuse dans certaines traductions poétiques de l'anglais. *(N.d.T.)*

p. 15 : L'interview de Sharon Olds est extraite du podcast *On Being with Krista Tippett* (https://onbeing.org).

p. 21-22 : Les phrases « Ce que je veux paraître je le parais [...] » et « j'avais le visage de la jouissance » sont extraites de *L'Amant*, Marguerite Duras, Les Éditions de Minuit, Paris, 1984.

p. 25-26 : Le passage « Un peu comme si on vous présentait le portrait [...] » est extrait de *Variations on the Right to Remain Silent*, *in* : *Float: a collection of twenty-two chapbooks whose order is unfixed and whose topics are various*, Anne Carson, traduit de l'anglais (Canada) par le traducteur, Alfred A. Knopf, New York, 2016.

p. 40 : La phrase « les choses me sont arrivées pour que j'en rende compte » est extraite de *L'Événement*, Annie Ernaux, Gallimard, Paris, 2000.

p. 47 : Le vers « cet indomptable, éternel, viscéral ha ha » est extrait du poème *Et la traversée prit fin*, *in* : *Folie, Fureur et Ferveur – Œuvres poétiques (1972-1975)*, Anne Sexton, traduit de l'anglais (États-Unis) par Sabine Huynh, Éditions des femmes – Antoinette Fouque, Paris, 2024 (à paraître).

p. 47 : Le verset « Tu m'entoures par-derrière et par-devant » est extrait de *Psaumes 139:5*, *in* : *Bible Segond 21*, traduit de l'hébreu, du grec et de l'araméen par un collectif, Société biblique de Genève, Romanel-sur-Lausanne, 2021 pour la présente édition.

p. 55 : Les vers « Et moi j'entends le chant du lombric / dans le cœur de nombre de petites filles » sont extraits du poème *New York (Office et dénonciation)*, *in* : *Poète à New York*, Federico García Lorca, traduit de l'espagnol par Carole Fillière et Zoraida Carandell, Robert Laffont, Paris, 2023.

p. 57-58 : Le passage « Les noms de rue doivent parler au promeneur [...] » est extrait de *Enfance berlinoise*, Walter Benjamin, traduit de l'allemand par Pierre Rusch, Éditions de L'Herne, Paris, 2012.

p. 60 : L'enregistrement sonore de Virginia Woolf sur la BBC, de 1937, est accessible sur YouTube : https://youtu.be/E8czs8v6PuI. La phrase reproduite dans ce texte est extraite de *Le Métier*, Virginia Woolf, traduit de l'anglais par Dominique Aury, Fata Morgana, Saint Clément-de-Rivière, 2013.

p. 66-67 : Michael L. Slepian écrit sur la dissimulation du secret dans l'article rédigé en 2020 et intitulé *A Process Model of Having and Keeping Secrets*, publié dans *Psychological Review* 129/3, Washington DC, 2022.

p. 80 : La définition du mot *sang-froid* est extraite du *Trésor de la langue française*, dictionnaire accessible en ligne. *(N.d.T.)*

p. 85 : Le passage « J'avais une terreur [...] » est extrait d'une lettre datée du 25 avril 1862 et envoyée par Emily Dickinson à Thomas Wentworth Higginson, *in* : *Lettres au maître, à l'ami, au précepteur, à l'amant*, Emily Dickinson traduit de l'anglais (États-Unis) par Claire Malroux, José Corti, Paris, 1999.

p. 89 : Le passage « Pour son bien [...] », légèrement modifié par le traducteur pour les besoins de ce texte, est extrait de *Visages noyés*, Janet Frame, traduit de l'anglais (Nouvelle-Zélande) par Solange Leconte, Éditions Joëlle Losfeld, Paris, 1996.

p. 93 : Les versets « Celles qui étaient prêtes [...] », légèrement modifiés par le traducteur pour les besoins de ce texte, sont extraits de *Matthieu 25:10-12*, *in* : *Bible Segond 21*, *op. cit.* *(N.d.T.)*

p. 96 : Les vers « Mais une lance a repéré la petite tache blanche […] » sont extraits de *Memorial – A Version of Homer's Iliad*, Alice Oswald, traduit de l'anglais (États-Unis) par le traducteur, Faber & Faber, Londres & New York, 2011.

p. 105 : Le vers « Des anges laids m'ont parlé » est extrait du poème *L'Image double*, *in* : *Tu vis ou tu meurs – Œuvres poétiques (1960-1969)*, Anne Sexton, traduit de l'anglais (États-Unis) par Sabine Huynh, Éditions des femmes – Antoinette Fouque, Paris, 2022.

p. 128-129 : Le texte que la mère et la fille répètent est extrait de *Face à face*, Ingmar Bergman, traduit du suédois par Carl Gustav Bjurström et Lucie Albertini, © Gallimard, Paris, 2018 pour la présente édition.

p. 170 : Le passage « Je prévoyais de ne jamais me marier […] » est extrait de *Bureau des spéculations*, Jenny Offill, traduit de l'anglais (États-Unis) par Édith Ochs, Calmann-Lévy, Paris, 2014.

p. 171 : Le passage « Ah ! je déteste tant cette maison ! […] » est extrait de *Le Deuxième Sexe II*, Simone de Beauvoir, Gallimard, Paris, 1994 pour la présente édition.

p. 181-182 : Les passages « Un calme surnaturel régnait sur la ville […] » puis « La tempête a laissé des scènes d'une beauté sauvage […] » sont extraits d'un article écrit par Robert D. McFadden, intitulé « 20-inch snowfall paralyzes much of mid-Atlantic area; 25 die in sinking off Virginia », publié dans le *New York Times* du 13 février 1983 et traduit de l'anglais (États-Unis) par le traducteur.

p. 188 : Les vers « Tu m'as apprise à exister sans gratitude […] » sont extraits du poème *Having it out with Melancholy*, *in* : *Constance*, Jane Kenyon, traduit de l'anglais (États-Unis) par le traducteur, Graywolf Press, Minneapolis, 1993.

p. 200 : Le passage « monumental comme le bronze […] » est extrait de la nouvelle *Funes ou la Mémoire*, *in* : *Œuvres complètes I*, Jorge Luis Borges, traduit de l'espagnol (Argentine) par Roger Caillois et Paul Verdevoye et révisé par Jean Pierre Bernès, Bibliothèque de la Pléiade, Gallimard, Paris, 2010 pour la présente édition.

p. 201-202 : Le passage « Voici les résolutions […] », légèrement modifié par le traducteur pour les besoins de ce texte, est extrait de *Carnets 1955-2001*, Ingmar Bergman, traduit du suédois par Jean-Baptiste Bardin, Carlotta Films, Paris, 2022.

p. 202 : Le concept de « rayons lumineux ardents », légèrement modifié par le traducteur pour les besoins de ce texte, est extrait de la nouvelle *La Trentième Année*, *in* : *Œuvres*, Ingeborg Bachmann, traduit de l'allemand (Autriche) par Marie-Simone Rollin, Actes Sud, Arles, 2009.

p. 204 : La définition du terme *dépression*, traduite du norvégien au français par le traducteur, est extraite de *Norsk Riksmålsordbok*, Kunnskapsforlaget, Oslo, 1991, ainsi que du *NAOB* [*Dictionnaire de l'Académie norvégienne*], accessible uniquement sur Internet, qui a trouvé dans le quotidien *Aftenposten*, 1959/553/3/2, l'exemple du *lac salé*. Néanmoins *(N.d.T.)*, l'étymologie est extraite pour les besoins de ce texte du *Grand Robert de la langue française*, tome 2, dir. Alain Rey, Dictionnaires Le Robert, Paris, 2001 pour la présente édition.

p. 215 : Le passage « j'ai entendu le murmure de voix anciennes [...] », légèrement modifié par le traducteur pour les besoins de ce texte, est extrait de *Le Conte de deux cités*, Charles Dickens, traduit de l'anglais par Laure Terilli, J'ai lu, Paris, 2007.

p. 220-221 : Les couplets du cantique « Nul n'est plus à l'abri du danger [...] » de Lina Sandell, composé en suédois en 1856 mais utilisé dans l'original norvégien par l'autrice dans une traduction anonyme du suédois en norvégien datant de 1883, traduits dans ce texte du norvégien en français par le traducteur, sont extraits de *Salmebok for kirke, hjem og skole*, Det evangelisk-lutherske Kirkesamfunn, Undrumsdal, 1998.

p. 240 : La phrase « Vivre avec l'alcool, c'est vivre avec la mort à portée de main » est extraite de *La Vie matérielle*, Marguerite Duras, P.O.L., Paris, 1987.

p. 241 : Le vers « Voici le quotidien dont nous parlions » est extrait du poème *What the Living Do*, *in* : *What the Living Do*, Marie Howe, traduit de l'anglais (États-Unis) par le traducteur, W.W. Norton, New York, 1998.

p. 249 : Le vers « Le vert débute dès demain après-midi », traduit du norvégien par le traducteur, est lui-même une traduction du chinois en norvégien par Georg Johannesen d'un vers extrait d'un poème de Du Fu, ou plutôt une repoétisation sans équivalent dans sa version française, *in* : *Tu Fu*, Tu Fu, Pax, Oslo, 1994 pour la présente édition. Le titre dudit poème est en revanche une traduction par l'autrice dans l'original norvégien de l'équivalent américain (*in* : *The Selected Poems of Du Fu*, Du Fu, traduit du chinois en anglais (États-Unis) par Burton Watson, Columbia University Press, New York, 2002), ici dans la traduction du chinois au français par Nicolas Chapuis, *in* : *Du Fu*, Les Belles Lettres, Paris.

p. 250 : Le passage « Et cette belle vie s'est donc achevée [...] » est extrait de *Dagbøker 1865, 1866, 1905, 1906 og 1907*, Edvard Grieg, traduit du norvégien par le traducteur, Bergen Offentlige Bibliotek, 1993.

Composition et mise en pages
Nord Compo à Villeneuve-d'Ascq

Impression sur Roto-Page en mars 2024
par l'Imprimerie Floch à Mayenne
Dépôt légal : avril 2024
N° d'édition : 2640 – N° d'impression : 104507
Imprimé en France